DEN INDISKA ISDRAKEN

Ur Byrån för ovanliga händelsers arkiv 3

Den indiska isdraken

HÅKAN BORG

FSC
www.fsc.org
MIX
Papper från
ansvarsfulla källor
Paper from
responsible sources
FSC® C105338

Förlag: BoD – Books on Demand, Stockholm, Sverige

Tryck: BoD – Books on Demand, Norderstedt, Tyskland

Omslag: Linda Axelsson

ISBN: 978-91-8027-099-1

Prolog

År 1903, någonstans bland bergen i Nepal.

 Snöstormen ven runt öronen och slet i Henrys kläder. Han kunde inte förstå hur chefen kunde komma på en så korkad idé. Dåren ville att han skulle lämna en idiotisk väderstation här uppe mitt i vintern. Visst, han hade han utfört liknande uppdrag tidigare men det var under andra förhållanden. Den uppenbara skillnaden från tidigare gånger var att då hade det inte stormat så att man knappt kunde stå rak. Över ögonen hade han en skålad träskiva med ett par smala springor. Det var en riktigt ful konstruktion men utan dem skulle han inte se ett smack. De var egentligen till för att han inte skulle bli snöblind men nu använde han dem mot den stickande snön. Det var omöjligt att förstå hur två dagars vandring kunde ändra väderförhållandena så fullständigt. För bara ett par dagar sedan hade det känts som om han skulle smälta bort. Nu stod han mitt i en snöstorm och höll på att frysa ihjäl. Han hade startat sin resa genom att åkt båt från Themsens mynning hela vägen till Bengaliska viken. Det eländiga gamla fartyg han färdats med hade transporterat kryddor och te från Indien till de brittiska öarna. När det gått tillbaka mot Indien hade det bara haft halv last. Jösses vad det hade gungat när de seglat in i de tyfonlika stormarna.

Naturligtvis hade han blivit sjösjuk och mått pyton nästan hela

båtresan. När han väl kommit i land så blev det knappast bättre.

Han fick fortsätta sin resa till häst. Som om den gungande gamla

båten inte varit tillräckligt illa?

Chefen hade insisterat på att få en rapport så fort han var klar att

ge sig upp i bergen.

– Hur nu det ska gå till? Det drällde ju inte av telegrafstationer i

den här delen av världen. mumlade han för sig själv.

Vaggande av och an på den illaluktande och fula hästens rygg

dagdrömde han och försökte glömma bort sina skavsår efter

sadeln. Han drömde om bakgatorna i Londons glädjekvarter där

han helst fördrev sin tid. Fick han välja så var han helst på en

ombonad och varm pub. Det sällskap han tyckte bäst om var

berusade människor som inte var så snabba i tanken. Kunde han få

till ett parti kort eller en omgång tärning i sådant sällskap så

behövde han sällan ta några andra uppdrag. Normalt brukade han

bara springa småärenden åt chefen om pengarna sinade. Det var

bara om något speciellt hade hänt som han gav sig av på sådana

här mer krävande uppdrag. Han mumlade något ohörbart för sig

själv igen. En väderstation uppe på berget i Nepal. Varför då? Vad

i hela fridens namn ville chefen veta om Nepal och deras jäkla

väder? Tankarna snurrade i huvudet på honom där i snöstormen.

Han hade lämnat hästen nere i dalen för två dagar sedan. Hade någon sagt honom att han skulle sakna det illaluktande kräket för bara någon dag sedan skulle han ha skrattat. Nu, när han irrade runt i en bitande storm skulle en varm och skön häst vara ett underbart sällskap. De tokiga dårarna i den lilla byn, där det var ångande hett, hade trugad på honom både snöskor och tunga vinterpälsar. Utrustningen hade tydligen skickats dit av chefen i förväg. Den var skrymmande och svår att bära med sig. Han hade alltså gått och burit på vinterutrustning i en tropisk djungel. Där och då hade den känts som väldigt överflödig. Länge hade han funderat på att bara dumpa skräpet någonstans utmed vägen. Nu var han glad att han inte gjort så. När han väl kommit upp på bergsplatån hade den tropiska värmen ersatts av bitande vind och stickande snö. De gräsliga ögonskydden hade han satt på sig när han inte längre kunde hålla ögonen öppna på grund av stormen. Han stapplade fram och var helt slut. Nedtyngd av utrustning kämpande han mot både vind och snö. Han var tvungen att hitta lä någonstans. I en vit gröt av yrande snö snubblade han fram i den livstömmande stormen. Vid en snöslutning stannade han och tog stöd med handen. Eller det var vad han hade tänkt göra. Den branta snövallen gav omedelbart vika och Henry tumlade huvudstupa framåt. Panikslaget kämpade han sig upp ur snön och kontrollerade om han brutit något. Han hade av en slump ramlade rakt in i någon form av grotta. Han var plötsligt fri från vindens krafter och förstod först inte varför det blivit lugnt runt honom. Han reste sig tveksamt och såg sig förvirrat omkring. Ovanför honom syntes en ljus fläck där hålet efter hans ofrivilliga snödykning snabbt täcktes av ett nytt tunt snötäcke. Utan att tänka sig för gick han långsamt vidare in i mörkret. Det höga ylandet från stormen blev allt tystare ju längre in i grottan han tog sig. Förundrad över det släta golvet och välvda taket ställde han ifrån sig sin packning och försökte se in i grottans förgreningar. Det var omöjligt att se någonting alls i det kompakta mörkret. Det bleka ljuset från hålet som lyckades ta sig igenom snöstormen räckte inte till. Henry rev med ett ryck av sig träskivan som täckte hans ögon och kisade. Nej, det var fortfarande för mörkt. Han gick tillbaka till sin packning och rotade runt en stund. Men en belåten grymtning drog han fram en mässingsfärgad karbidlampa. Det var en fin sak som han vunnit i ett av sina många kortspel. Han fyllde, med darrande och fumliga händer, behållaren och tände lampan. Ett smutsgult ljus lyste upp grottans inre och fladdrade ett ögonblick innan ljuset blev stabilt. Ett ögonblick tvekade han innan han, med en ogillande min plockade upp elefantbössan. Det var chefens gevär och hade funnits med i packningen redan från början. Han gillade inte det dubbelpipiga vapnet men han hade, av säkerhetsskäl det hela tiden vid sin sida. Chefen hade varnat

honom för tigrar och snöleoparder. Henry var dessutom ganska
säker på att det fanns andra obehagliga saker i det här landet som
om de fick chansen inte skulle tveka att äta upp honom. Han hade
egentligen inte något emot vapen men den här dubbelpipiga bössan
var för tung och otymplig. Det påstods att den var tillräckligt
kraftig för att stoppa en rasande elefant men det brydde han sig
inte om. Han hade föredragit sin gamla revolver. Nu hade det
förvisso varit revolvern som, åtminstone delvis varit orsaken att
han hastigt tvingats gå med på den här resan. En olycklig händelse
på en bar i Londons hamnkvarter hade gjort staden ohälsosam för
honom. Revolvern låg numera på Themsens botten tillsammans
med den sjöman som påstått att Henry spelade falskt. Sjömannen
kanske hade haft rätt i sak men, ja nu spelade det hur som helst
ingen roll.

 Försiktigt tog han ett par steg in i grottans djup innan han hajade
till. En liten pärla av ben hade fångat hans uppmärksamhet. Någon
hade alltså varit här inne före honom. Han plockade girigt upp
pärlan och studerade den i ljuset. Den måste vara flera hundra år
gammal, kanske tusen. Henry blinkade förnöjt åt den lilla skatten.
Kanske fanns det fler längre in i grottan. Hade han riktig tur skulle
den vara dyr och han skulle bli rik. Med lampan höjd över huvudet
och med bössan på axeln fortsatte han med raska steg in i mörkret.
Plötsligt blänkte något på marken framför honom. Han

tvärstannade, det såg nästan ut som en platt ädelsten. Lampans smutsgula sken fick den lilla skivan att gnistra. Den såg ut att vara gjord i pärlemor och guld. Det förundrade honom att ett så fult ljus kunde se så vackert ut i den lilla platta skivan. Med darrande händer plockade han upp den. Den var formad ungefär som en gammal pilspets men otroligt mycket vackrare. Skivans mitt var i pärlemor och runt kanten löpte en klart guldfärgad linje. Den var tung som ett mynt och ungefär lika stor som ett spädbarns hand. Han visste inte vad det var men något sa honom att den kunde vara värdefull, väldigt värdefull. Hans ögon började genast spela över grottans släta golv i jakt efter fler skivor. Henry hade inget emot värdefulla saker så länge han inte var tvungen att betala för dem. Med lampan gungande över huvudet fortsatte han ivrigt in i grottans vindlade gångar. Då han hade blicken fäst i marken framför sig upptäckte han faran alldeles för sent. Det första som slog honom var att det plötsligt blivit kallare. Han stannade och såg sig förvirrat omkring. Någonting glittrade och glimmade som en stor hög med sådana där vackra plattor. Det rackarns ljuset var för dåligt men visst var det en rejäl hög av pärlemorskivor? Han skyndade sig fram mot den för att roffa åt sig. Med ett av girighet grumlat sinne försökte han gissa hur mycket öl han skulle kunna köpa för den där högen. Han skulle bli rik som en baron, nej, ännu rikare, som en kung. Det här var sista uppdraget för hans del.

Chefen och alla hans idiotiska forskningsexpeditioner kunde dra
något gammalt över sig. Henry hann nästan ända fram till den
glittrande högen innan allt förändrades. Plötsligt rörde sig högen
och ett par gula ögon med rättuppstående pupiller fixerade honom.
Henry reagerade blixtsnabbt. Han lyfte ner elefantbössan från
axeln och siktade. Ögonblicket senare tryckte han av. För
säkerhets skull klämde han av den andra pipan också. Han kisade
in i krutröken som skymde sikten. Vad han aldrig hade förstått var
vilken otur han haft som av misstag tumlat in i just den här grottan.
Ett hulkande och ett kraftigt blåsljud var det sista Henry hörde i
livet.

Likt en staty, med den fortfarande lysande lampan svajande över
huvudet stod han där. Frusen i ögonblicket, med lampan i ena
handen och geväret i den andra. När han sakta föll var Henry redan
död. Han genomfrusna kropp splittrades i hundratals bitar i samma
ögonblick som den träffade det hårda stengolvet. Det lät som om
en porslinsfigur splittrades mot ett hårt betonggolv. När kroppen
låg i bitar vände det märkliga och sägenomspunna djuret för att
långsamt försvinna in i mörkret. Luften inne i grottan hade
plötsligt blivit kall, väldigt, väldigt kall.

1 Ägg av glas

Han älskade att klättra i berg. Det hade han gjort ända sedan han var en liten pojke. Utmaningen hemma i England hade varit att hitta något som var värt att klättra i. Nu trettioett år gammal var han på väg uppför något som verkligen var värt att bestiga, K2. Normalt skulle ingen försöka sig på att bestiga det efter sista augusti, men Dean Wicker var ingen vanlig bergsbestigare. Han hade bestigit Mount Everest både på syd, och nordsidan. Han var den mannen som alla äventyrare ville vara och han hade gång på gång bevisat att ingenting var omöjligt. Vid det sista baslägret hade han och hela klättringsteamet väntat i åtskilliga dagar på ett uppehåll i det bistra vädret. Den ihärdiga vinden hade för stunden dämpat sitt vilda anlopp och stormen hade gjort ett litet uppehåll. En dags ansträngning bara så skulle han vara den första människa som klättrat uppför K2 på vintern. Nu när vädret var relativt lugnt skulle de äntligen i väg. Allt var planerat in i minsta detalj, varje klädesplagg och utrustningsdetalj var noga kontrollerade. Det handlade inte bara om att de skulle fungera. Det var också viktigt att märkena syntes. Sponsorerna var lite kinkiga med sådant.

Dean flinade pojkaktigt mot sin fotograf där de satt i det stora tältet.

– Är du redo Steve? Du följer väl med hela vägen till toppen? Steve, som var väl medveten om att han skulle stanna vid flaskhalsen (jo, den heter så, jag lovar) sneglade bara åt Deans håll. Med ett litet leende skakade han lätt på huvudet. Han hade svårt att säga nej till Dean, den glesa skäggstubben och det rufsig blonda håret fick Dean att se yngre ut än vad han var. Steve funderade ett ögonblick på vad det var hos honom som gjorde det så svårt att stå emot. Ögonen, tänkte han, det måste vara de där ljusblå ögonen som ständigt tigger om uppmärksamhet. De verkade kunna se rakt igenom honom. Han skakade av sig sina tankar och fortsatte att packa.

Han hade förutom en handhållen videokamera även en mindre kamera fäst på sin klätterhjälm.

– Du vet att vi inte är kloka som försöker oss på det här, det vet du va? sa han samtidigt som han packade ner lite extra batterier i sin ryggsäck.

Dean skrattade och slog honom på axeln.

– Fegis, du gnäller alltid, oavsett vad än det är för äventyr vi ska göra. Har du hört Al gnälla? fortsatte han med en handrörelse över axeln.

Hans tumme pekade på deras expeditionsläkare som stod bakom honom och packade ner sina sista saker. Al lyfte förvånat huvudet när han hörde sitt namn.

– Vad? Vad sa du för något?

Dean vred klumpigt på sig i sina tjocka kläder.

– Jo jag sa att du inte gnäller. Steve här gör inget annat.

Al rynkade pannan och fick en uppenbart ogillande min i ansiktet,

– Du är en idiot Dean. En riktigt stor dåre som ständigt tror att du har turen på din sida, det har jag sagt säkert tusen gånger. Du hittar på det ena tokiga efter det andra. Du är inte odödlig, okej?

Dean såg länge på sin läkare innan han svarade,

– Kylan? Du är rädd för kylan, eller hur? Vi har kollat alla uppgifter som finns om det här berget. Håller vi oss bara borta från vinden så ska det inte vara något problem. Det kommer att gå bra, ni ska få se.

Med glittrande ögon i det tvåfärgade ansiktet såg han först på Al innan han vände sig mot Steve och blinkade. De hade tvåfärgade ansikten allihop. Bleka runt ögonen där glasögonen täckte ansiktet och solbrända i pannan och på kinderna. Äventyrare brukade se ut på det viset oavsett om de sysslade med bergsbestigning eller vandrade på nordpolen. Det var äventyrare och tvättbjörnar som såg ut på det viset.

När det första gryningsljuset spred sig som en disig gloria över bergets mäktiga toppar kravlade de ut i snön och påbörjade

klättringen. Vid den här tiden på året var det tomt på berget. Ingen vettig människa var dum nog att försöka klättra till toppen av K2 i slutet av september. De första timmarna gick det riktigt bra. En långsam men stadig lunk, hela tiden uppåt. Den bitande vinden som Al varit så orolig för hade lagt sig. Naturligtvis skulle vinden bli värre ju högre de kom men just nu såg det bra ut. Vid ingången till flaskhalsen klättrade Dean först och säkrade linan. Steve var tätt bakom honom, egentligen alldeles för nära för att det skulle vara helt säkert. Han ville ha så bra bilder som möjligt av Dean när denne friklättrade i den trånga passagen. Al kom på säkert avstånd en bra bit nedanför de andra två. Flaskhalsen var en brant men smal ravin som sträckte sig upp till en platå nedanför en enorm isvägg. Dean säkrade den sista fästpunkten innan han kravlade upp på den lilla platån mellan isväggen och flaskhalsen. Det var en behaglig liten svacka där hela gruppen kunde återsamlas. Det var här de fick sin första obehagliga överraskning. Vinden visslade förbi bergskanten och var betydligt tuffare så här högt upp.
Al som var den sista att komma upp på platån såg sig förvånat omkring. De var i lä och det var nästan vindstilla inne vid isväggen. Runt hörnet där den tänkta leden gick blåste det dock kraftigt. Han pekade mot de snömoln som kom piskande och virvlande runt hörnet, lutade sig mot Dean och skrek,

– Vi kommer inte att klara det där. Vinden kommer att slita oss från berget innan vi hinner blinka.

Dean blängde irriterat på honom, inte för att Al hade någon möjlighet att se det då Dean hade både andningsmask och spegelglasögon på sig. Dean var beredd att ta vissa risker för att klara den här klättringen, sponsorerna krävde resultat. Han förstod också att Al hade rätt, vinden skulle riva ner dem innan de hann förstå vad som hänt. Han såg sig omkring, den tänkta leden var inte framkomlig. Dean ville verkligen inte ge upp, det var inte hans stil. Han petade på Steve med handsken, lutade sig mot kameramannen och skrek,

– Vad tror du? Kommer vi att kunna krypa förbi hörnet om vi håller låg profil?

Steve skakade på huvudet men gjorde sedan något som först förvånade Dean men som sedan fick honom på bättre humör. Steve pekade rakt upp, mot isväggen. Dean försökte se upp längs den branta väggen av is men de klumpiga kläderna gjorde det svårt. Till slut la han sig ner på rygg för att kunna se hela den gigantiska isväggen som hängde över flaskhalsen. Det var lä på den sidan och kunde han kättra upp via isväggen. Gjorde han så skulle han kunna fortsätta i lä hela vägen till toppen. Han vred sig så att han kom upp på knä igen och klappade Steve i ryggen.

– Bra tänkt, den vägen kan faktiskt fungera, skrek han.

Det här med att de ständigt skriker åt varandra har en väldigt enkel förklaring. Det är enda sättet att pratade med varandra när man bär andningsmask och har vinden tjutande runt öronen.

De samlades i en tät ring och tog beslutet att Dean skulle fortsätta själv och att Al och Steve skulle stanna nedanför isväggen. Dean och Steve bytte dock hjälmar med varandra. Det var det enda sättet de skulle kunna få några bilder av den sista delen av klättringen. Dean skulle använda Steves hjälmkamera och på så sätt dokumentera hela klättringen. Han gjorde sig snabbt klar för att klättra på is, något som inte var alltför svårt för en så erfaren klättrare som Dean. Fundersamt stod han där och roterade en ishacka i varje hand. Han sökte den bästa vägen upp längs den stora väggen av is. I sitt huvud letade han fram den optimala vägen. Med ett par rejäla hugg med hackorna började Dean klättra. Steve stod nedanför och filmade så gott han kunde. Det gick sakta men säkert uppåt, ett hugg, häva kroppen uppåt, ett hugg till. Dean lyckades efter ett par timmar att kränga sig över kanten på isväggen och stod nu strax under toppen. En liten bit till och sedan skulle han vara den första människa som bestigit berget under vinterhalvåret.

Den chock han fick när han försökte kravla upp den sista biten förlamade honom för ett ögonblick. Vinden som ner i flaskhalsen varit förhållandevis lugn virvlade som en rytande orkan runt toppen. Han skulle aldrig komma till toppen utan att blåsa iväg långt in i evigheten. Han var tvungen att avbryta klättringen bara tjugotvå meter från toppen. Besvikelsen var så överväldigande att han kände det som om han skulle kräkas. Motvilligt, och med en bitter känsla av misslyckande började han att hasa sig ner mot isväggen igen. Den lina som han fäst på vägen upp skulle göra klättringen ner till platån betydligt lättare. Med båda händerna på linan behövde han bara sparka ut lite fästen med fötterna.

Han fortsatte ett stycke ner längs isväggen när något märkligt hände. De kraftiga klätterhakarna som han hade på kängorna krossade plötsligt isen som om den varit av tunnaste glas. Först blev han rädd men linan hindrade honom från att falla. Han letade förvånat med fötterna efter fäste men det fanns inget. Långsamt gled han nedför linan tills fötterna åter fick kontakt med isen. Vad i hela fridens namn var det här? Det var inte konstigt att han tappat fotfästet, en öppning in i isväggen hade dolts bakom ett tunt lager av is. Hans klätterhakar hade gått rakt igenom den tunna hinnan och lämnat ett hål efter sig. Det var tillräckligt stort för att Dean skulle kunna kravla in i det. Han såg sig om och kunde konstatera att Al och Steve stod rakt nedanför honom. De såg ut som två små färgglada prickar långt där nere mot den vita snön. Dean hängde i linan utanför hålet, han funderade samtidigt som han frånvarande strök sig över ansiktsmasken. Skulle han bara ge upp och fortsätta ner som de planerat eller undersöka isgrottan? Han kanske skulle kunna hitta något som skulle rädda lite av den här expeditionen? Sponsorer var sällan villiga att betala för en ny expedition. Särskilt om han inte hade något att visa upp när han kom hem.

Under normala omständigheter ändrar man inte på en klättring utan följer den uträknade planen. Dean plirade försiktigt in i öppningen, men det här kunde vara något stort. Nyfikenheten blev det som avgjorde frågan. Han bestämde sig för att se vad som doldes inne i hålet. Med ett rejält hugg med sin ena hacka fick han ett tillräckligt bra fäste för att kunna dra sig in i mynningen av den trånga isgrottan. Ytan var slät som en marmorplatta så han kunde med lätthet dra sig inåt i hålet med hjälp av hackorna. Ganska snart började det trånga utrymmet att vidgas, han kunde utan problem komma upp på knä och krypa vidare. Det var en sjuk känsla att krypa genom istunneln. Den kristallklara isen gjorde att det kändes som om han kröp i ett hål som gick genom vatten. Komiskt nog var det ju precis det han gjorde, kröp genom vatten, i ett hål. Han tänkte bara inte på det då vattnet var fruset.

Steve tog ner sin kamera och stirrade förvirrat upp mot den gigantiska väggen av is. I ena sekunden hade han en perfekt bild av Dean för att i nästa inte längre ha honom där.

– Såg du honom? skrek han till Al, såg du om han föll?
Normalt sett var det den enda förklaringen till att en klättrare försvann från en bergsvägg. Al skakade ivrigt på huvudet, det hade varit för långt avstånd för att se vad som hade hänt men han var säker på att Dean inte fallit. Hade han gjort det hade han ju landat rakt framför deras fötter. Han lutade sig mot Steve och skrek,

– Jag tror han är inne i en klyfta, kan vara smart att vila lite om han fick chansen.
Ingen av dem hade sett att Dean försvunnit in i isväggen.

Dean behövde inte ens tända lampan som satt bredvid kameran på hjälmen. Dagsljuset silade in genom isen från alla håll. Det var ett blåaktigt böljande ljus som fick hela tunneln att gnistra likt en gigantisk diamant. Utifrån såg isväggen vit ut men här inne var isen solid och helt genomskinlig. När han kröp vidare öppnade sig tunneln mer och mer tills han kom fram till något helt fantastiskt. En gnistrande blåskimrande grotta inne i isen, stor som en balsal. Golvet var slätt som en skridskobana och taket välvde sig högt över hans huvud. Det första han gjorde var att kontrollera att kameran var på, det andra var att häpna. De kraftiga klätterhakarna på kängorna krasade i isen när han gick. Salen var säkert tjugo meter lång och minst lika bred. Taket svävade högt över hans huvud. Det såg ut som en kyrka av is.

Han strosade försiktigt runt i den gigantiska grottan och vred och vände på huvudet. Då han bara hade hjälmkameran tillhanda var huvudvridandet nödvändigt för att få med allt på filmen. Plötsligt hajade han till och kisade förvånat in mot grottans bortre vägg. Vad var det där? Han stannade och tittade med stora ögon bort mot ena hörnet. Inne vid den egentliga bergsväggen låg ett klotliknande föremål. Det såg ut som ett stort strutsägg men var helt genomskinligt. Med krasande steg gick han bort till väggen och studerade det närmare, det var kallt och helt genomskinligt. Kanske var det någon konstig isklump som formats på det sättet under tiden som det legat inne i grottan? När han såg på det flimrade det till inne i klumpen. Han tände lampan vid kameran och tog loss den. När han försiktigt tryckte lampan mot klumpen så såg han det igen. Det såg ut som om det fanns en liten genomskinlig fisk inuti klumpen. Med darrande händer tog han upp den äggliknande isklumpen. Hade han inte varit känd förut så skulle han bli det nu. Det här måste vara ett sensationellt fynd. En livs levande fisk inuti ett isblock. Han tog av sig sin ryggsäck och tömde den på allt han absolut inte behövde för klättringen ner till baslägret. Försiktigt lyften han upp den äggformade isklumpen och lade ner den i ryggsäcken. Med ett stort flin innanför masken återvände han till hålet.

När han hasade ner på repet och bara hade några meter kvar ropade
Al,

 – Vi måste ner så fort som möjligt, skit i toppen. Det kommer en
storm om mindre än tjugo timmar enligt prognosen. Vi måste vara
vid läger ett innan den kommer hit.
Dean log bakom masken, han brydde sig inte om toppen, han hade
något mycket bättre. Mot sina båda kompanjoner gjorde han bara
tummen upp och sedan en armrörelse ner mot flaskhalsen.

Efter en hård men på det hela taget händelselös klättring ner till det
första lägret ramlade de tre äventyrarna utmattade in i
serveringstältet. De två anställda kockarna såg förvånat upp från
sina sysslor. Förutom dem två var det bara tre bärare kvar i lägret.
Säsongen för bergsklättring var över och de skulle stänga hela
leden efter det här sista gänget. Utanför anade man redan de första
tecknen på den annalkande stormen. Den ökande vinden virvlade
upp moln av snö och fick den tunga tältduken att slå som ett dåligt
skotat segel. Tältet var splitter nytt och av det större slaget där det
stod både stolar och bord. På kortsidan mitt emot ingången fanns
ett litet kök med serveringsbord. Det var (av rätt naturliga skäl) där
de båda kockarna höll till.

Dean rev av sig handskar, luva och glasögon, masken hade han tagit av sig redan efter flaskhalsen. Al satte sig bara ner i en av stolarna och svepte glasögonen av sig. Han pustade en liten stund men böjde sig sedan ner och tog fram en liten syrgasflaska. När han tagit några puffar av rent syre piggnade han till igen. Muttrande blängde han på Dean.

– Hur trodde du att den här klättringen skulle sluta? frågade han samtidigt som han krängde av sig sin signalröda jacka. Det spelar väl för tusan ingen roll om du kan klättra i lä hela vägen? På toppen är det aldrig lä, där blåser det hela tiden.

Dean lyssnade inte, han hade lagt ut en filt i en liten ring på bordet. Det såg nästan ut som om han byggde ett stort fågelbo. Försiktigt lyfte han upp den äggformade isklumpen ur väskan och ställde den mitt i filtringen. Steve och Al hade ingen aning om vart Dean hade tagit vägen när han plötsligt försvunnit från isväggen. Under klättringen ner till läger ett hade de inte kunnat fråga vad som hänt uppe på isen. Nu när det var lite lugnare hade de däremot möjligheten.

– Dean, vad i hela friden hände uppe på isväggen? I ena sekunden såg vi dig, sen var du bara borta. Håll dig till planen när du klättrar, okej? Vi såg dig inte på säkert tio minuter. Sen, som om ingenting hade hänt kommer du plötsligt bara farande längs repet. Ska du dö så ska det åtminstone inte bero på att du plötsligt börjar hitta på saker på egen hand, idiot, sa Steve.

Han kastade ilsket sina glasögon i bordet. Al nickade instämmande i utskällningen men sa inget. Han var allt för upptagen med att undra varför Dean hade släpat med en rundformad isklump hela vägen ner till lägret. Han pekade förundrat på den med en frågande min.

– Varför? Kan du svara på det? Tänkte du att det skulle saknas is till groggen i kväll? Is är inte direkt en bristvara här uppe.

Dean log,

– Kolla, sa han, tände sin ficklampa och höll den mot den runda isklumpen. Kolla noga nu, där! Såg ni?

Den lilla genomskinliga fisken sprattlade till men blev sedan stilla igen.

– När jag försvann så var det aldrig någon fara. Benen gick rakt genom isväggen och jag upptäckte en liten tunnel in i isen. Vänta, sa han, innan han plockade fram sin hjälmkamera.

Han pluggade in den i en liten skärm och tryckte på play. Bilderna var inte särskilt bra till en början. De visade mest närbilder på Deans händer och på ishackorna när han drog sig framåt. Efter en stund drog de två övriga dock efter andan när kamerabilden visade hela den stora isgrottan. Steve klappade Dean i ryggen,

– Det här är magiskt. Fattar du att vi upptäckt något som funnits rakt framför näsan på alla som klättrat förbi utan att de sett minsta spår av en tunnel.

Al stirrade som förhäxad på den avlånga isbollen. Stammande och

något tvivlande försökte han sig på en vetenskaplig förklaring,

– Vet ni att, han tystnade när den lilla fisken viftade till. När

fisken blivit stilla försökte han igen, vet ni att det finns en sorts

räka som lever vid vulkaniska vattenutsläpp djupt nere i havet. De

klara att simma in i vatten som är över hundra grader varmt. Han

tvekade innan han fortsatte, kan det här var en varelse som lever i

precis motsatta förhållanden?

Han hade helt glömt att han fortfarande var sur för att Dean

försvunnit uppe på berget. När stormen ryckte och slet i det stora

tältet så satt de tre vännerna och delade på en flaska bubbel. Det

tyckte de att de hade förtjänat.

2 Trygga stadsbor

Lördagskväll i staden, jösses vilken plåga. Jan var precis så sur som han brukade vara när de befann sig i en tätort. De hade fått åka ner till Linköping av alla ställen för att försöka ta hand om, ja, något. Ingen visste riktigt vilken sorts problem det var. De få rapporter som kommit in var att någon sett något konstigt nere vid Stångån och att någon annan försvunnit spårlöst.

Jan hatade kanske inte stadsbor men han tyckte heller inte om dem. Stadsbor trodde de var bäst i världen på allt och att deras egen åsikt var den enda rätta.

– De förbaskade oduglingarna vet för tusan inte ens hur man ska bära sig åt om strömmen går, muttrade han.

De var klädda i sina vanliga kläder och hade lämnat sina rustningar på hotellrummet. Lisa hade förvisso sina drakskinnsstövlar på sig men brynjan och huvudringen låg kvar på rummet. Jan hade förmodligen kunnat bära sin rustning för hans vanliga kläder skilde sig inte så särskilt mycket från den. Hans rustning bestod av ett par svarta drakskinnsstövlar, ringbrynjeskjorta, en lång svart drakskinnsrock med stålplattor samt en riktigt ful hjälm. Nu hade han i stället på sig en vanlig grå tröja, en lång svart skinnrock, svarta stövlar samt en hatt, som var minst lika ful som hans hjälm.

Skillnaden var som sagt ganska liten. Innanför rocken bar han sitt stora svärd i en läderrem. Lisa hade bara tagit med sig sitt lilla svärd. Det hade inte ens ett hål för en sotad ekkvist. Det var bara en vanlig kort klinga utan några särskilda egenskaper alls. Dess egg var naturligtvis skarp så att det räckte och blev över men det var ändå bara en helt vanlig klinga. Hennes riktiga trolljägarsvärd hade fortfarande inte kommit tillbaka från Andalusien. Det hade fastnat i ett riktigt fult troll när de var i Kina och skulle behöva knackas loss. Knacka loss svärd som fastnat i riktigt fula troll gjordes bara i smedjorna under de andalusiska bergen.

– Vem är det som har det här distriktet? Frågade Lisa samtidigt som hennes blick hoppade från den ena unga killen till den andra. Jan grymtade bara något ohörbart till svar.

– Vad? kan du sluta sura nu och faktiskt svara på tilltal? Hon surnade till ordentligt när han på sitt vanliga vis bara muttrade och tjurade. Han suckade djupt,

– Det är ingen som har det här distriktet. En stad brukar normalt sett inte vara ett problemområde. Han blängde på en grupp skrålande ungdomar, jag hatar det här, tillade han helt i onödan. Lisa svarade inte omedelbart, hon hade blivit distraherad av att en ung man på andra sidan gatan blinkat åt henne. Hon slog blygt ner blicken men såg sedan i ögonvrån mot honom. Han slängde roat en slängkyss efter henne. Hon fnittrade till men surnade omgående till när hon upptäckte att han gjorde likadant mot nästa tjej som gick förbi.

– Stadsbor, muttrade hon.

Jan sneglade ner mot henne och muttrade på samma sätt.

– Jag säger ju det, stadsbor.

Lisa hade ungefär samma syn på folk som bor i städer som Jan, men med ett undantag, killar. Hon hade just fyllt sexton år hade plötsligt börjat finna pojkar ytterst intressanta. När en kille som var i rätt ålder, och snygg, det var viktigt, såg åt hennes håll blev hon alldeles vimsig. Hon hade börjat fnissa och rodna om en pojke försökte prata med henne. Varför visste hon inte men det var faktiskt väldigt spännande med killar. Det konstiga var att hon aldrig känt så tidigare. Förr hade Jan varit den bästa i världen men nu kunde hon ibland, särskilt om hon råkade prata med någon snygg kille, tycka att han var lite pinsam. Hon hade inte sagt något till honom men allt som oftast försökte hon få lite tid för att själv strosa runt när de var i någon lite större stad.

– Vart är vi på väg? Frågade hon samtidigt som hon vred på huvudet för att kolla in en ljushårig yngling lite extra.

– Ån, det går en å genom den här staden. Stångån går ut i sjön Roxen som ligger bara en liten bit härifrån. Det är en grund, ganska stor sjö. Skulle vi få in gröningar där skulle det bli ett elände.

Här kan det vara på sin plats att förklara vad en gröning är. En
gröning eller ett nordiskt kärrtroll, som de egentligen heter är ett
mellanstort troll inom nattmarefamiljen. De är de läskigaste,
vidrigaste, och sett till storleken, de farligaste trollen i hela
världen. Vilket troll som helst ur nattmarefamiljen är farligt men
kärrtrollet är det farligaste av dem alla. När det kommer till rörelse
är det dessutom det näst snabbaste trollet, slaget endast av
sydamerikansk skugglöpare. En skugglöpare är så otroligt snabb
att,, nej, det är en helt annan historia så den får vi ta en annan
gång.

De fortsatte att kryssa sig fram mellan nöjeslystna ungdomar på
sin väg ner mot ån. De hade valt en liten gata som hette Ågatan
vilket ju lät lovande. Nu hade det visat sig att det var på den gatan
som samtliga stadens nöjesställen låg på. Trots den sena timmen så
var gatan full av festande ungdomar. En polisbil stod parkerad
utanför en restaurang och två poliser stod och hängde vid dess
front. De hade ett tränat öga för att se om någon inte riktigt
passade in i den vanliga trängseln. Naturligtvis passade en man i
övre medelåldern inte riktigt in. Var han dessutom helt klädd helt i
svart och med en lång rock stack han verkligen ut i den normala
gatubilden.

Den kvinnliga polisen var den första som reagerade, hon kände

instinktivt att något inte stod rätt till när hon såg den bredaxlade
mannen.

– Björn, sa hon till sin kollega, kolla där.

Hon nickade åt det håll där den stora mannen kom gående. Björn
log och skakade på huvudet.

– Den där får vi nog kolla. Har han något under den där långa
rocken tror du?

Han flinade fräckt mot sin kvinnliga kollega. De kryssade sig
försiktigt ut i myllret av människor för att komma i mannens väg.
När mannen närmade sig såg de att han hade en flicka vid sin sida.
Björn vände sig till sin kollega och viskade i mungipan,

– Han har sin dotter med sig. Jag tror vi kan strunta i det här. Det
ser ut som om någon varit olydig och inte kommit hem i tid.
Han har nog här för att hämta hem henne.

Kvinnan nickade och tillade med en något beslöjad röst,

– Synd, den där mannen hade jag gärna brottats lite med.

De vände sig om och strosade tillbaka till bilen. Den kvinnliga
polisen såg sig en sista gång över axeln och fick något trånsjukt i
blicken. Mannen i den svarta rocken var verkligen ståtlig. Hade de
stoppat Jan och bett honom öppna sin stora rock hade de nog blivit
lite förvånade när de sett det massiva svärdet som han bar
innanför. Nu blev det tack och lov inte så.

När folkvimlet glesnade och skratten och skrålet dog ut bakom dem drog Jan en djup suck av lättnad. Framför dem låg äntligen ån. Den visade sig ha en hög stensatt kaj på den sidan som vette mot stadskärnan. Det var en rejäl kaj som löpte så långt man såg åt båda hållen. Jan synade den höga kanten,

– Mm, här kan inte en gröning komma upp. Han pekade över det mörka vattnet, vi kollar andra sidan.

De gick över en vacker gångbro och började följa ån nedströms. På andra sidan gick det en gångbana längs åns strand. En klippt grässlänt skiljde gångbanans asfalt från vattnet. De behövde inte gå långt innan de hittade vad de sökte. I kanten av ån låg ett föremål som var i form och storlek ungefär som en rugbyboll. Det bestod av sammanpressade kläder och benbitar. En halv klack från en damsko stack fram ur knytet.

– Rackarns, det här var nog det värsta som vi kunnat hitta mitt i en storstad.

Lisa såg frågande mellan byltet och Jan,

– Varför är det värre om någon blir uppäten i en stad än ute i skogen? Det är ju ändå en trygg som fått sätta livet till.

Jan synade bollen noga innan han suckande ställde sig upp,

– Jag tror vi har nog hittat den där kvinnan som försvann. Jo, hm, det är illa om någon blir tagen ute i skogen men i en stad finns det mycket mer att äta. En ensam gröning skulle inte göra så mycket skada. De käkar ungefär en till två byten i veckan. Problemet är att finns det en så kommer det snart att finnas fler. Med så här mycket mat, han slog ut med armarna mot staden, så skulle de snart börja föröka sig. Får vi inte tag i det här odjuret kan den här staden mycket väl dö ut inom ett par år. Det är länge sedan vi förlorade en hel stad men det har hänt förut.

Lisa grimaserade när hon hörde svaret. Instinktivt hade hon vänt sig om och spanade nu uppströms så att de inte skulle bli överraskade av den rackarns gröningen. De usla kräken rörde sig ju trots allt så gott som ljudlöst.

– Tror du att den kommer tillbaka ikväll? frågade hon viskande. Han skakade tankfullt på huvudet.

– Nej, den här har nyligen ätit och gått tillbaka ner i vattnet. Vi har sett vad vi behövde se, nu går vi tillbaka.

De tog en annan bro längre uppströms för att ta en något lugnare gata upp till hotellet.

– Vi måste komma på ett sätt att få med oss våra bågar. Polisen brukar sällan bli glad om man smyger genom staden med en kraftig jaktbåge över axeln. Jan rynkade pannan och funderade en stund innan han fortsatte, Tar vi bilen och ställer den vid kanten så behöver vi inte ta fram bågarna innan det blivit mörkt.

Det skulle visa sig att Jan inte tänkt hela vägen när det gällde problemen kring vapentransporten. De hade suttit nere vid ån i flera nätter utan att se en skymt av kärrtrollet.

Jan var inte någon nybörjare när det gällde kärrtroll, men han tog slutligen kontakt med Rolf. Han var byråns specialist på så kallade gröna problem. Rolf var en kort och smärt man med seniga muskler och en vass blick i sina mörka ögon. Han var i förhållande till Jan en kortvuxen person men synnerligen effektiv när det kom till problem med kärrtroll.

Nästan hela veckan hade gått utan att de sett röken av gröningen som mumsat i sig en av stadens invånare. Det enda de lyckats med så här långt var att få var två parkeringsböter. Det är nämligen så att i Linköping får man inte parkera sin bil på cykel och gångbanor även om man i hemlighet försöker rädda stadens invånare från att bli förvandlade till spybollar. De styrande i Linköping är lite konstiga på det viset.

Rolf hade vid ett par tidigare tillfällen jagat i stadsmiljö. Han hade en vattentät plan,

– Maskerad, sa han, vi låtsas att vi ska på maskerad. På så sätt kan vi gå med alla våra vapen synliga och skulle någon fråga så säger vi bara att vi är på väg till en maskerad.

Jan funderade ett ögonblick innan han eftertänksamt nickade,

– Det kan faktiskt fungera. Jag tror du har kommit på det.

Det skulle inte bli några fler böter och de skulle ändå få med sig allt de behövde. Det var en strålande idé. De hade två dagar på sig innan de skulle försöka nästa gång. Jan hade redan dagen därpå gjort en shoppingrunda, han visste precis vad han skulle klä ut sig till. Ingen skulle undra varför Robin Hood hade en pilbåge och ett svärd. Han var väldigt stolt över sin snillrika maskeradkostym.

Fredagskvällen kom och våra hjältar klädde sig för att kunna gå genom stadskärnan utan att bli stoppade. Naturligtvis kunde det bli några frågande blickar och höjda ögonbryn men om polisen frågade så hade de sitt på det torra. Jan smög in på sitt rum och tog på sig sin fantastiska maskeradkostym för att sedan möta de två andra nere vid hotellets entré. Han klev stolt ut ur hissen men fick en förvånad min i ansiktet när han såg de andra två. Om Jans min var förvånad så var det ingenting mot vad de andra två visade upp. Rolf stod och gapade som en död fisk och bara stirrade. Lisa slog en hand i pannan och såg ut som om hon ville försvinna ner i marken. Den här planen med maskeraddräkter visade sig inte riktigt vara vad Jan hade trott. Rolf hade menat att de kunde ta sina vanliga rustningar och om någon frågade kunde de säga att de var på väg till en maskerad. Där stod nu alltså en sorts steampunk-riddare, (Rolf), en stenhård krigarprinsessa, (Lisa), och en väldigt grön Robin Hood. Det var dock inte någon Kevin Costner Robin Hood. Nej då, Jan hade sett en film med Errol Flynn för länge

sedan. Det var den utstyrseln han letat efter, och till all olycka
hittat. Han bar nu gröna tights med en grön blygdkopp samt en om
möjligt ännu grönare skjorta med stora ballongärmar. Över den
gräsliga skjortan hade han en brunaktig väst som pryddes av långa
fransar. På huvudet hade han satt en brun trekantig smal hatt som
pryddes av en lång fasanfjäder. Skorna, eller vad man nu skulle
kalla de märkliga sakerna han hade på fötterna passade faktiskt
förvånansvärt bra till resten av dräkten. De var förutom
blygdkoppen det som enligt Lisa var det mest pinsamma, ett par
illgröna näbbstövlar som hade en kraftigt uppåtskruvad tå. Han såg
helt enkelt inte riktigt klok ut.

   – Herre Gud! Vad har du på dig? flämtade Lisa.
Rolf sa ingenting, han låg dubbelvikt på golvet och skrattade så
han inte kunde andas.

Det hela hade inte alls blivit som Jan hade tänkt sig. Det fanns
dock ingen tid att klä om, han fick gå som Robin Hood. Lisa
stönade irriterat och gick några meter bakom de båda männen. Hon
var inte säker på vilken av de båda hon tyckte var mest irriterande.
Jan som var klädd så han såg ut som en förväxt sparris eller Rolf
som envist nynnade på titelspåret ur "Men in tights" samtidigt som
han flinade som en dåre.

   – Du ser ju för sjutton ut som en förvuxen Peter Pan, grymtade hon ilsket.

Jan blev lite stött över att de inte såg det geniala i hans utstyrsel.
Med ovanligt grinig min synade han henne surt från topp till tå,

– Du då? Vad är det egentligen du ska föreställa? frågade han
med en påtagligt irriterad röst.

– Inte Tingeling i alla fall, fräste hon tillbaka, någon
krigarprinsessa kanske, vad sägs om Xena?

Rolf försökte gå emellan men varje gång han såg på Jan började
han frusta som en häst och brast ut i ett nytt gapskratt. Det värsta,
åtminstone enligt Lisa, var att de skulle gå förbi massor med
ungdomar som var ute och festade. Superpinsamt! Mer än en av
festprissarna de passerade ropade efter Jan att suspensoaren skulle
sitta innanför byxorna. Jan såg precis så sur ut som han brukade
när han var bland stadsbor så där var det ingen större skillnad. Lisa
däremot skämdes nästan ögonen ur sig och tyckte det hela var
synnerligen pinsamt. Tack och lov är festgatan i Linköping ganska
kort så det tog ingen lång stund innan det blev lugnare omkring
dem.

Nere vid ån var det nästan helt folktomt. Endast några få
människor vandrade längs den slingrande gångbanan. De hade
tänkt att börja där de hade hittat knytet några dagar tidigare men så
fort de kom ner till vattnet kände de alla samma sak. Det var en

vidrig lukt av död och ruttnade tång som hängde i luften. Med snabba rörelser strängade de sina bågar och gjorde sig beredda. Den vedervärdiga besten kunde vara var som helst. Lisa vände om och spanade utmed strandkanten samtidigt som de båda jägarna smög vidare ner längs ån. Ett par ynglingar runt tjugo år kom långsamt gående samtidigt som de pratade högt i munnen på varandra. De var uppenbart påverkade och vinglade kraftigt samtidigt som de ivrigt gestikulerade när de talade. En av dem såg åt Lisas håll och visslade till,

– Wow, kolla på den där, Jäklar vilken frän rustning, det där är läckert.

Ynglingen ökade på stegen för att hinna ifatt henne. Kompisen suckade trött och ställde sig i ljuset från en lyktstolpe för att vänta. Det var alltid så här när Sam såg en vacker flicka.

Lisa rynkade irriterat på pannan, hon hade inte tid med en trygg just nu,

– Vill du andas i morgon så går du härifrån. Ta med dig din kompis och försvinn, väste hon så fort den blonda ynglingen var inom hörhåll.

– Hej själv, var det muntra svaret hon fick. Uppenbarligen hade hennes varning inte fungerat. Vad är det du ska föreställa?

Lisa hade hamnat efter de båda jägarna. Tusan också, hon fick väl vänta här och försöka hålla de här båda tryggskallarna säkra så länge.

 Jan och Rolf hade ljudlöst försvunnit ner längs ån. Hon såg en glimt av dem när de passerade under en järnvägsbro lite längre ner. De sökte efter spår för att se var gröningen lämnat vattnet. De hade bara hunnit några hundra meter nedströms innan de båda såg svaga spår efter var den gått upp.

 – Här, Rolf pekade med handen och viskade tyst, den har gått upp ur vattnet men tycks ha följt åns kant uppströms.

Jan hade sett samma sak men också slagits av en hemsk tanke. När de kommit ner till stranden hade de känt odjurets lukt. Det blåste från det håll där de lämnat Lisa. Färgen lämnade hans ansikte när han insåg vad som just höll på att hända. Trollet befann sig på andra sidan om henne. Förmodligen trodde hon att det var säkert uppströms och hade inte en aning om att den vidriga besten kunde lura i närheten. Utan att tänkt på vad han gjorde började han att springa.

ynglingen presenterade sig som Sam och ville väldigt gärna veta Lisas namn. Lisa var tvungen att erkänna att Sam var väldigt snygg men just nu var hon lite för upptagen. Någonstans nedströms lurade en gröning och så länge den utgjorde ett hot var hon tvungen att vara beredd. Snyggingen och den nu halvsovande kompisen skulle mycket väl kunna utgöra gröningens nästa måltid.

Hon viskade åt Sam att vara tyst men det fungerade inte alls. Med en snygg tjej framför sig som dessutom hade en riktigt häftig kostym tänkte Sam inte ge upp så enkelt.

– Hörrö, sluta vara så tråkig nu, sluddrade den något för överförfriskade ynglingen, ögonblicket innan hela världen och verkligheten ställdes på kant.

Ur åns kolsvarta vatten vräkte sig plötsligt något fruktansvärt och illaluktande upp. Den breda käften öppnades och gulfärgade, spetsiga tänder blottades. Vad det än var för sorts odjur så kastade det sig upp efter flickan. Sam tog ett par tveksamma steg fram som för att hjälp till men stelnade sedan av skräck. En mask av fasa förvred det annars så behagfulla ansiktet. Lisa hörde aldrig när odjuret reste sig ur vattnet och kastade sig mot henne. Det enda hon hörde var det sjungande ljudet från Jans båge och att något bakom henne träffades av en pil. Odjuret drog genast ihop sig till en boll och föll med ett gigantiskt plask tillbaka ner i vattnet. En vidrig stank kom långsamt rullande upp mot de båda ungdomarna. Smidigt som en katt drog Lisa blixtsnabbt sin klinga som hon bar på ryggen. Beredd på vad som helst stod hon lätt framåtlutad med böjda knän. Förutom vattnet som fortfarande skvalpade i ån var allt nu lugnt. Jakten var över och Lisa visste att hon inte gjort något bra jobb. Hon hade blivit distraherad av den stilige ynglingen och tappat fokus. Den stackars Sam som velat veta Lisas namn stod stel av skräck med ögonen vidöppna av ren fasa.

– Vad, vad, vad? var allt den stackarn lyckades stamma fram.

Rolf som hade större vana av att hantera stadsbor ropade till Jan,

– Vi får ta om den här tagningen, den där förstörde allting, sade han och pekade på den chockade Sam. Förbered för omtagning, ropade han över ån till ett ungt par som vandrade på andra sidan. Jan fattade inte ett dyft av vad han yrade om. Det vandrande paret på andra sidan av ån skyndade snabbt undan för att inte bli inblandade. De förstod om möjligt ännu mindre av vad den gapande mannen ville.

Tre saker hade hänt den natten nere vid Stångåns strand.

1. Det vidriga och illaluktande kärrtroll som tagit sig ända in till staden och mumsat i sig en av dess invånare hade dött. Linköping var återigen en säker plats.

2. Sam skulle komma att drömma mardrömmar om vattenlevande varulvar för en lång tid framöver.

3. Hen hade också fått en idé om att det här med att klä ut sig till seriefigurer faktiskt var ganska så häftigt. Även om det aldrig tilläts hen att förstå vad som hänt den där kvällen nere vid ån så

gick det ganska bra med det där eventet. Från början hölls det i Örebro men då Sam samtidigt hoppades på att någon gång återigen få träffa den utklädda unga flickan flyttades så småningom hela kalaset till Linköping. Sam trodde ju, på ganska goda grunder att hon bodde där.

Som ett resultat av detta körs än idag en stor spel och cosplay-festival som kallas NärCon varje år på universitetsområdet i Linköping. Vad jag har hört så har Sam fru och barn nu men vem vet, kanske lever fortfarande hoppet om att flickan i den gnistrande rustningen någon gång skall dyka upp. Flickan från Stångåns strand skulle för all framtid förbli en hemlighet för Sam. Hon hade ändå varit en av de vackraste flickor hen någonsin sett. För en lång tid framöver var det den mystiska flickans vackra ögon och vattenlevande varulvar som hemsökte Sams drömmar.

3 Kläcka ägg

Stormen bedarrade efter tre dagar och de kunde äntligen påbörja sin nedstigning. De plockade med sig sina personliga tillhörigheter och tog den relativt lätta vägen ner till bergets fot. När de äntligen stod på upphämtningsplatsen var humöret på topp. De hade överlevt sitt klättringsäventyr även den här gången. K2 hade förvisso besegrat dem men de hade ändå något fantastiskt att visa omvärlden när de kom tillbaka till civilisationen. Härifrån var det från början tänkt att de skulle åka in i Kina för att ta första flyget till Singapore men Dean ändrade deras färdväg i sista minuten. Han ville inte att de kinesiska myndigheterna skulle få chansen att lägga beslag på deras fantastiska upptäckt. Från bergets fot där de blev upphämtade med helikopter for de i stället in i Indien. De gjorde ett kort stopp i Srinagar innan de med plan kunde fortsätta hela vägen till New Delhi. Här delade gruppen på sig, Al fortsatte mot USA och Steve skulle vidare till Australien. Dean själv skulle fortsätta mot England, först via Marocko för att sedan flyga direkt till London.

Rent tekniskt hade de misslyckats med sitt äventyr men som gruppen såg det hade de i stället lyckats med något som skulle slå världen med häpnad. Den runda, genomskinliga klumpen låg i en trälåda inslagen i träull för att vara väl skyddad. Dean hade till och med ordnat så att lådan skulle åka i den uppvärmda och trycksatta delen av lastutrymmet. Just den biten skulle visa sig vara ett misstag, men det hade Dean naturligtvis inte en aning om.

På flygplatsen i New Delhi tog de avsked av varandra. Dean satt i den stora väntsalen och såg hur Als plan lyfte. Den stora jumbojeten försvann långsamt i fjärran tills den till slut inte längre gick att upptäcka. Han log, vilket liv det skulle bli när de avslöjade sina stora upptäckter. Den stora isgrottan skulle naturligtvis bli ett givet mål för andra klättrare att besöka men det var fisken inne i isblocket som var sensationen. Han tog en klunk av sitt kaffe och lutade sig leende tillbaka i väntsalens fula mintgröna soffa.

Han och hans värdefulla last gjorde en mellanlandning i Marocko där Dean stannade i ett par dagar. Han ville redan nu börja förbereda sig för sitt nästa projekt, en fotvandring genom Saharaöknen. Det hade inte varit något problem om inte den genomskinliga klumpen under tiden förvarats i ett lager på flygplatsen. Temperaturen översteg trettio grader under dagarna och inne i den bruna trälådan började saker att hända. Den lilla varelse som Dean hade sett röra sig hade växt och låg nu tätt hopkrupen inne i det genomskinliga skalet. Man kunde tydligt se hjärtat slå, eller det kunde man naturligtvis inte. Den låg ju fortfarande inne i den stängda trälådan. När Dean slutligen satt i den stora 747:an och såg ut genom rutan var det mörkt utanför.

Planet skulle flyga större delen av sträckan under natten. Innan han

lämnat den lyxiga avgångshallen hade han ringt till sin agent i

London. De hade beslutat att agenten skulle möta honom vid

flygplatsen och försöka få med sig så många journalister som

möjligt. Dean hade inte talat om för agenten vad det var som var så

sensationellt. Den stackars mannen skulle inte få med sig så

särskilt många journalister. En misslyckad bergsbestigning var inte

någon stor nyhet.

Första delen av resan gick bra. Natten över Medelhavet var stilla

och planet låg lugnt och tryggt på hög höjd. På grund av

inbördeskriget som just då pågick i Jugoslavien gick planets rutt

över södra Spanien. När problemen egentligen började hade Dean

inte en aning om men det blev uppenbart lagom tills planet kom in

över Sierra Nevada i södra Spanien. Det började som en kall vindil

inne i kabinen. När frukosten skulle serveras meddelade piloten att

de hade tekniska problem ombord och att samtliga skulle spänna

fast sig. Den stora Boeing 747:an vände sedan västerut för att

försöka landa på Granadas internationella flygplats. Piloterna fick

verkligen göra skäl för sin lön den natten. När de passerade tätt

över toppen på berget Veleta krängde hela planet plötsligt till.

Ovanför passagerarnas huvuden dunsade syrgasmasker ner. Planet hade förlorat lufttrycket inne i kabinen. En bitande kall vind svepte genom flygplanet och ett tjockt lager av frost spred sig som en matta uppe i taket. Det var en situation som ingen av de båda piloterna någonsin upplevt tidigare. Med total fokus och en hel del bonntur lyckades de ändå få ner planet i ett stycke. Media hyllade dem i flera dagar efteråt. De var hjältarna som lyckats rädda sina passagerare och landa sitt flygplan trots att det var ett stort hål i det.

Ingen förstod vad som hänt, Hela bakre delen av planet var täckt av frost och is. I lastutrymmet fanns ett stort gapande hål. Det såg ut som om något exploderat inne i lastutrymmet. Utredarna behövde några dagar på sig innan de avfärdade den teorin. De trodde inte längre att det var en explosion utan snarare verkade det som om planet helt enkelt frusit sönder. En expert på flygmeteorologi försökte förklara det med att planet möjligtvis kunde ha flugit in i någon form av kraftig vind som förde med sig superkall luft från de högre luftlagren. Det var kanske en idé som inte lurade en enda person. Resultatet av det inträffade blev hur som helst att Dean förlorade större delen av sin utrustning. Han var inte ensam att förlora sitt bagage, de flesta av passagerarna blev av med sina grejor. Bagaget hade helt enkelt försvunnit ut i natten någonstans över berget Veleta. Dean fick ändå vara nöjd, han hade trots allt kvar filmen från isgrottan. Helt utan bevis för sin upptäckt var han inte.

Vad var det då som hade hänt? Jo, till att börja med är det en urbotat dum idé att plocka med ett ägg från en isdrake till ett varmare klimat. Det är att be om problem.

Det finns ingen exakt vetenskap om vad det är som gör att en isdrake kan blåsa ut luft som håller absolut noll. Det betyder att luften blir så kall att den blir flytande. Normala drakar som sprutar något brukar spruta eld. Både den gröna europeiska och den svarta amerikanska draken är noggrant studerade. De sprutar eld och det är inget konstigt med det. Man vet mer eller mindre exakt hur de fungerar, metangas från matsmältningen stöts upp i halsen och sedan slår de ihop tänderna så det blir gnistor. Problemet med en indisk isdrake är att den inte sprutar eld. Den sprutar så kall luft att hela dess hals borde frysa sönder i samma ögonblick det första andetaget lämnade dess lungor. På något konstigt sätt lyckas den uppenbarligen undvika förfrysning. Då det är lite problematisk att undersöka en sådan här best närmare utan att bli förvandlad till en isglass så är det ingen som riktigt vet hur det går till. Det är lite som humlan som inte borde kunna flyga. Den struntar fullkomligt i att det inte borde gå, den flyger i alla fall.

Nu hade alltså Dean och hans kompisar tagit med sig ett ägg från dess frusna kammare ner till varmare temperaturer. När det dessutom fick ligga flera dagar i ett varmt lager i Marocko så var katastrofen ett faktum. Någonstans över Medelhavet hade ägget kläckts. Drygt en timme senare hade den lille rackaren för första gången blåst sin kalla andedräkt inne i trälådan. Efter det gick det fort, redan efter det fjärde utblåset frös flygplansväggen så till den milda grad att den helt enkelt gick sönder likt sprödaste glas. Över bergen i södra Spanien föll stora delar av lasten ut ur det gigantiska flygplanet. Bland allt bagage som föll från himlen fanns en vit, fladdrande liten varelse som förtvivlat försökte få sina små vingar att bära. Tiden skulle visa om den lyckades eller ej. Den södra sidan av toppen på berget Veleta bombarderades med allt från färgglada underkläder till billiga mässingsföremål. Ärligt talat blir man förvånad över hur mycket onödigt skräp folk släpar med sig hem när de varit ute och rest.

När Dean så småningom landade i London möttes han av ett hav av journalister. Hade det inte varit för att hans flygning hem nästan slutat med en katastrof så hade det förmodligen inte varit någon mer än hans agent. Nu var Dean äventyraren som bestigt de högsta bergen och simmat över de djupaste haven men som nästan dött i en vanlig flygolycka. Journalister älskar sådant. Hans agent hade till att börja med svårt att få någon tidning, och ännu mindre någon tv-kanal, intresserad av en misslyckad klättring på K2. När sedan flygplanet nästan kraschade in i Sierra Nevadamassiven så hade hans jobb plötsligt blivit hur enkelt som helst. För första gången någonsin ringde tidningarna och tv-kanalerna till honom, i stället för tvärt om, för att få en chans att intervjua Dean.

Filmen från klättringen på isväggen och hur han drog sig in i isgrottan skulle visas på tv i flera månader. Dean blev inbjuden till de flesta kändisprogram där gästerna förväntas kunna svara på frågor om allt som inte har med deras egentliga jobb att göra. Det är lite oklart varför, men av någon anledning anses kändisar kunna lösa alla världens problem. De ska helst klara av att göra det under den pågående programtiden dessutom. Dean blev något av en superkändis, Al och Steve däremot fick mest svara på frågor av typen: Hur är Dean Wicker egentligen? Är han singel? Kan vi förvänta oss några nya äventyr av Dean snart? De blev snart ganska trötta på att svara på frågor av den typen.

Samtidigt som dessa egendomliga saker visades upp i tv och tidningar hände något ännu märkligare uppe på branterna i närheten av toppen på berget Veleta. Något hemskt växte sig allt större och starkare. Döda människor började snart hittas på bergets sidor. Frusna rakt igenom, likt statyer, stod de som om de blivit frusna i tiden just som de gjorde sina vanliga göromål. Den våren

låg snön kvar mycket länge på den norra sidan av berget än vad

den brukade. Det var något som inte stämde med vad folket i

Granada var vana att se. Någonting höll kylan kvar på berget men

ingen var sugen på att klättra upp för att se efter vad det var. Det

skulle ta mer än två år innan byrån för ovanliga händelser fick

kännedom om vad som höll på att hända. Lite ironiskt kanske då

deras europeiska barnhem och skola låg i samma bergsmassiv.

4 Sorg och en lång resa

Det går inte att komma ifrån, när någon man älskar dör så gråter man. De hade begravt honom invid den stora stenen nere vid ån. Bara ett par kvällar tidigare hade han gosat ner sig i sängen bredvid Lisa när de skulle sova. Precis som han hade gjort sedan första dagen de träffades. En trogen vän som alltid bara ville allas bästa. Visst hade han varit gammal redan när Lisa för första gången sett honom men de hade funnit varandra och blivit bästa vänner. Hon kom ihåg hur hon suttit i bilen den där första resan ut till gränsstuga trettiotvå. Först hade han varit lite reserverad men så småningom hade han somnat med sitt huvud i hennes knä. Hon hade plockat med hans toviga päls tills även hon somnat. Sedan den dagen hade han alltid kommit och gosat ner sig tätt bredvid henne när de skulle sova.

Tårarna rann nerför hennes kinder i en strid ström där hon stod i Jans stora famn. Han var askgrå i ansiktet men lyckades behärska sig. Det var hans gamla vän och jaktkamrat som nu låg vid foten av stenen. Han suckade tungt och klappade Lisa lite över håret. Han rörelser var mekaniska och frånvarande. Han tog ett djupt andetag,

– Han var gammal, det var inget att göra. Trumf hade ett bra liv
och han älskade verkligen dig, sa han i ett försök att trösta.
Sedan fick han bita ihop för att inte brista i gråt innan han tog ett
nytt andetag och försökte på nytt. Han svalde hårt och fortsatte
med sprucken röst,

– Hade han fått bestämma hur han skulle dö tror jag att han valt
att sluta så här.

Den gamla Trumf hade somnat bredvid Lisa på kvällen precis som
vanligt men på morgonen hade han inte vaknat. Han skulle aldrig
komma att vakna igen. Lisa hade skrikit som en galning när hon
upptäckte att han var död. Jan hade kommit rusande med sitt svärd
draget då han trott att det var något övermodigt troll som brutit sig
in i huset. När han slog upp dörren till hennes rum och förstod vad
som hänt släppte han svärdet för att sedan fånga in henne i sin
stora famn. Han hade kramat henne länge samtidigt som han med
sin andra hand klappat den gamla hunden över ryggen. Nu sov den
stora gråa vovven för all framtid.

– Sov gott min vän, mumlade Jan samtidigt som han försiktigt
lade ett tuggben på Trumfs grav.

Han kysste två av sina fingrar och tryckte dem mot den nygrävda
jorden som en sista hälsning. De gick långsamt upp mot stugan
igen, hand i hand, utan att säga ett ord. De tänkte båda på den vän
de nu begravt och som de skulle komma att sakna.

Det var dystra dagar i stugan under nästan två veckor. De tränade och gav sig ut på lite små uppdrag men det var aldrig någon glädje i det de gjorde. Saknaden efter den stora, borstiga och alltid busiga hunden låg som en blöt filt över hela deras tillvaro. När det ringde i den stora svarta telefonen som satt bredvid ytterdörren inne i stugan svarade Jan. Han lyssnade uppmärksamt utan att avbryta, nickade ett par gånger för att avsluta med ett,

– Okej, vi kommer ner.

Lisa satt uppkrupen i den fula, bruna soffan med Trumfs gamla filt i knät. Hon klappade den långsamt och mumlade något ohörbart, kanske en bön till sin gamla vän. Hennes blick var tom men kinderna blänkte fortfarande av tårar. Jan hängde tankfullt upp luren innan han vände sig om och såg på henne. Han slogs av hur lik sin mor hon blivit. Det lockiga bruna håret och den fräkniga lilla uppnäsan. Ett par stora mörka ögon, just nu sorgsna men som också kunde blixtra av ilska eller skina av glädje. Hon var precis lika vacker som hennes mor en gång varit. Han log matt mot henne,

– Vi ska till Stockholm, packa allt. Det verkar som vi blivit utlånade igen.

I den sorgliga stämning de befann sig just då var det nog bra om de fick något annat att tänka på. Jan gjorde sig ingen brådska, hans grejor var redan packade, det var de alltid. Han visste dock att Lisa skulle behöva ett par timmar för att bli klar.

När den vita pickupen lämnade gårdsplanen sneglade Lisa över axeln ut mot flaket. De bruna säckarna låg kvar men det låg nu mera inte längre någon hund på dem. Hon snyftade till och kurade ihop sig i baksätet. Lisa satt i egna tankar större delen av vägen. Hon tänkte på Trumf, hans långa och borstiga päls. Hon saknade honom så att det värkte i hjärtat. Tankarna hoppade vidare och hon funderade på om hon någonsin skulle få tillbaka sitt stora svärd igen. Det hade fastnat i foten på ett märkligt, taggigt och mycket fult troll när de var i Kina. Det var nästan två år sedan nu. När Jans svärd fastnat i ett kärrtroll för länge sedan så hade det bara tagit ett par månader innan han hade fått det tillbaka. Nu var ju hon bara en lärling så hon kanske inte var lika viktigt.

Hon suckade, man vet ju inte hur de tänker inom byrån. Tankarna skuttade vidare, skulle hon någonsin kunna träffa en kille utan att Jan ständigt var i närheten. Alltså, det var inget fel på honom eller så men ibland var han bara så himla pinsam.

När de närmade sig Stockholm tätnade trafiken och till slut så stod bilen nästan stilla. I förarsätet började Jan att grymta precis som han brukade så snart de kom i närheten av en stad.

– Varför vill folk bo i den här fördömda hålan?

Med sin vanliga sura min blängde han på allt och alla.

– Motorväg, de kallar det här en motorväg, det är ju för tusan en stor parkeringsplats. Han slog frustrerat ut med armarna, en lång jäkla parkeringsplats.

Lisas suckade av lättnad när de äntligen kunde svänga av. De fortsatte in på småvägar som blev allt smalare för varje avfart de tog. Ganska snart åkte de på en illa skött grusväg som slutade vid ett stort, grått och väldigt fult hus mitt ute i skogen. Det skandinaviska huvudkontoret för byrån för ovanliga händelser låg förvisso inom Stockholms gränser men inte i närheten av själva stadskärnan. Det grå betonghuset såg inte ett dugg inbjudande ut och skulle någon ändå vara nyfiken på vad det var för byggnad så skull skylten över dörren förmodligen skrämma bort dem. Statens byrå för byråkratisk ordning, stod det i stora bokstäver. Vem som helst med lite vett i huvudet skulle diskret vända och försvinna därifrån illa kvickt.

Jan och Lisa gick dock in genom grinden och vidare in i det trista huset. Gudrun, byråns receptionist satt precis som vanligt bakom den runda disken i mottagningsrummet. Hon lyfte blicken från sin veckotidning (det kommer normalt sett inte många besökare till statens byrå för byråkratisk ordning) och såg för ett ögonblick irriterad ut.

– Vad vill ni? frågade hon vasst innan hon såg att det var Jan. Hennes tonläge ändrades på ett ögonblick.

– Hej Jan, ska du vara kvar i stan några dagar? Rösten hade plötsligt fått en släpig sensuell underton som inte ens gick Lisa förbi.

Gudrun sänkte blicken och gjorde sitt bästa för att se förförisk ut. Jan log artigt men höll samtidigt ett visst avstånd när han svarade,

– Vi vet inte, muttrade han innan han höjde rösten till normal samtalston. Vi har faktiskt inte en aning om varför vi är här.

– Vänta lite, kvittrade hon samtidigt som hon kontrollerade besöksprotokollet. Hon knappade intensivt på sin dator i några sekunder innan hon fortsatte, chefen väntar er på sitt kontor.

Jan tackade genom att nicka till svar samtidigt som han föste Lisa framför sig.

Gudrun log brett och såg efter Jan när han och Lisa gick vidare in mot chefens kontor. Grrr, med den där gossen skulle jag kunna tänka mig att vara lite stygg, tänkte hon innan hon med ett inåtvänt leende återvände till sin veckotidning.

Lisa Skuttade i sidled samtidigt som hon blängde surt och anklagande på Jan.

– Vad var det där om? frågade hon vasst.

Jan bara ryckte på axlarna med en frånvarande min.

– Jag vet inte vad du pratar om, svarade han.

– Inte vad jag pratar om? Hon åt ju nästan upp dig med ögonen.
Måste du hålla på så där? Det är så himla pinsamt alltså, tillade
hon helt i onödan.

Jan grymtade bara något om att han inte kunde rå för hur den där
kvinnan uppförde sig. Han hade minsann inte uppmuntrat henne.
Lisa var inte nöjd med svaret utan gick och surade ett par steg efter
honom.

– Välkomna mina vänner!

Chefen reste sig och gick dem till mötes så fort de kom in på
kontoret. Han hälsade glatt på Jan och gav Lisa en snabb kram.
Det var något lurt med det här, chefen hälsade aldrig så här glatt på
någon. Jan blev genast misstänksam, något var på gång. Det
fortsatte med att chefen berömde Jan för hur väl han skött sin
gräns de senaste åren.

– Den oväntade krisen i Linköping skötte ni perfekt, fortsatte
han. Inte en enda människa förstod att det var något konstigt med
det där försvinnandet. Perfekt jobb. Helt enkelt perfekt!

Han log glädjestrålande. Nu tyckte till och med Lisa att det började
gå till överdrift. Chefen hade förvisso berömt dem, eller han hade
berömt Jan, rättade hon sig, men ändå. Jan såg alltmer
misstänksam ut under chefens monolog tills han inte längre kunde

hålla sig.

– Vad är det du vill att vi ska göra? frågade han rakt på sak.
Chefen skruvade lite på sig innan han svarade,

– Skolan, började han, det kan vara så att vi har ett problem i
närheten av skolan. Vi på byrån är lite orolig för att något ska
hända barnen.

Lisa som inte hade brytt sig så mycket om vad som sagts tidigare
satte sig käpprakt upp i stolen.

– Vad är det med skolan? Har det hänt något? Hon såg uppriktigt
orolig ut.

Det tog chefen ett tag att förklara hur byrån hade upptäckt ett
problem i bergen inte så långt från skolan för vidsynta och att de
jägare som blivit skickade till platsen nu behövdc hjälp.

– De behöver hjälp av den bästa och jag sa till dem att jag hade
den perfekta kandidaten.

– Nu kan jag knappt bärga mig. Vilken jägare kan vi avvara för
ett så viktigt uppdrag? Jans röst dröp av ironi.

Chefen tog ett snabbt steg och lutade sig fram för att peta Jan i
bröstet.

– De behöver dig.

Han rätade på sig igen och vände sig om, ni åker omgående, de
väntar er om fyra dagar.

Jan såg fundersam ut när de gick tillbaka till bilen. Något var lurt så enkelt var det. När chefen sa att de behövde den bästa så var det alltid något elände på gång. Chefen hade inte nämnt vilken sorts problem det gällde, vad var det mer som han inte avslöjat?

Precis som Jan misstänkte hade chefen undanhållit vissa saker. Han hade till exempel inte talat om att det var första drakjägardivisionens jägare som behövde hjälp. Han hade heller inte talat om att det förmodligen gällde ett drakproblem. Det var verkligen ingen normal händelse att drakjägare bad en trolljägare om hjälp. Drakjägarna ansåg sig var eliten inom byrån för ovanliga händelser. Dessutom vet oftast en trolljägare väldigt lite om hur man ska bära sig åt för att dräpa en drake.

De åkte direkt efter mötet, det är trots allt en bit att åka om man ska från Stockholm till Andalusien.

För den som inte riktigt vet var Andalusien ligger så är det kanske på sin plats att förklara. Andalusien ligger nere i södra Spanien. Det som är mest påtagligt i den regionen är det stora bergsmassivet Sierra Nevada. Det är inne i ett av dessa berg som smedjan och avskiljningsgrottan ligger. Skolan för vidsynta ligger en bra bit upp i bergen. Den är av rätt så förklarliga skäl helt isolerad från omvärlden. Ska eleverna ha någon chans att behålla sin vidsynthet och bli jägare så behöver de skiljas från de trygga, framför allt från sina egna föräldrar. Det var den regeln om att barnen inte får uppfostras av sina föräldrar som ställt till det för Jan och Lisa. När hon blev lärling hos honom vid tolv års ålder så hade ingen någon kännedom om vem hennes föräldrar var. Hon hade lämnats in till byrån för ovanliga händelsers barnhem när hon bara var någon månad gammal. Ingen visste då vem hon var eller var hon kom ifrån. Hon hade hittats på en öppen järnvägsvagn och det enda som hon hade med sig förutom kläder var ett oöppnat brev. Brevet var det som så småningom skulle visa att hon faktiskt var den lilla flicka som Jan så länge letat efter. Hon var hans försvunna dotter (ibland blir det konstigare än annars). Nu var det ju ett problem med att Jan var Lisas pappa. Det var mot reglerna helt enkelt. Det var därför de inte hade berättat för någon hur det hela låg till. Den enda som kände till deras hemlighet var en kinesisk trolljägare som Lisa hade talat med för två år sedan. Den trolljägaren hade så småningom blivit Lisas vän och dessutom lovat att inte avslöja dem.

Resan gick mot söder, först till Malmö för att sedan fortsätta med färja över till Rostock. Lisa som kände till Europas geografi ganska väl blev lite förvånad när bilen inte fortsatte söderut utan vände mot väster. Det tog någon timme innan Jan saktade in och började se sig omkring. Bilen stannade så småningom vid kanten av en liten sjö i närheten av östersjökusten. På andra sidan av den spegelblanka sjön verkade det ligga en liten stad. Lisa förstod inte alls varför de stannat här.

– Vad håller du på med? frågade hon förvånat.

– Där, ser du den lilla sjön?

Han pekade på den smutsbruna sjön. Nu var den ju inte direkt svår att se då han parkerat bilen precis vid kanten.

– Jaa, vad är det med den?

Normalt älskade hon att lyssna på hans berättelser men just nu var hon inte på humör. Han pekade på en punkt ett hundratal meter bort,

– Vid den där lilla kullen är jag född, han sa det utan någon känsla alls i rösten. Det var bara ett konstaterande.

Lisa såg förvirrat på honom.

– Är inte du från Sverige? frågade hon med uppriktig förvåning. Han skrattade till och fortsatte,

– Jo det är jag, den här staden var en del av Sverige när jag var liten. Vi är i Wismar. Det är mycket som har förändrats sedan jag var här sist.

Nu spelar det egentligen inte någon roll var man är född men Lisa hade tagit för givet att Jan var från Sverige.

– Den här staden var svensk ända fram till år 1803, berättade han.

– Men hallå? Då borde jag väl ha hört talas om det här stället?

Hon var oerhört förvånad över vad han just berättat.

– Det är inte så konstigt att du inte hört talas om den här staden, sa han och såg sur ut. Det var den korkade Gustav IV som behövde pengar och pantsatte hela staden 1803. Det var för att han skulle ha råd att fria till någon uppnäst adelsjänta. Det här är det enda området som Sverige förlorat utan att det stridits om det. Ja förutom någon värdelös ö i Karibien förstås. Det här var en väldigt fin stad, sa han samtidigt som han fick något drömskt i blicken.

Lisa såg för ett ögonblick lite fundersam ut innan hon frågade,

– Gifte han sig med henne?

Jan skrattade till och fick en bitter ton i rösten,

– Nej, den korkade nöten ångrade sig när han fick se flickan. Tydligen var hon inte vacker nog men då var redan den här platsen pantsatt.

De gick ur bilen och strosade långsamt ner till vattnet, Jan plockade tankspritt upp en lång gren som han sedan försiktigt tryckte ner i den leriga sjöbottnen. De stod där och såg in mot staden samtidigt som det blev allt mörkare. Stadens ljus blänkt vackert i den stilla vattenytan. När det började bli kallt drog han upp grenen och sniffade fundersamt på den leriga spetsen. Lisa höjde frågande ett ögonbrynen men han skakade bara på huvudet till svar.

– Nej, de är borta från det här området sedan länge. De här människorna kommer inte ha samma problem som vi hade när jag var liten, sa han med en nick mot stadens ljus.

Jan hade ett frånvarande uttryck i ansiktet när han stod och stirrade ut över sjön. Lisa var tyst, hon kände att han inte ville prata om den här platsen. Med en djup suck slängde han grenen i vattnet och vände sedan för att gå tillbaka till bilen. Svallvågorna efter grenens plask spred sig långsamt över den stilla vattenytan. Det verkade som om det inte fanns ett liv i den lilla sjön - men kanske ännu viktigare - det bodde heller ingen död i den.

Lisa följde efter upp mot bilen och passade på att smyga upp bredvid honom för att sedan lägga en arm om hans midja. Han sa ingenting men la sin kraftiga hand över hennes axlar. Ömt drog han henne till sig och de gick vidare under tystnad. Det var något med hur han hade berättat som gjorde att hon kände att det här var en sorglig plats för honom. Hon sneglade en sista gång ner mot den mörka vattenytan innan de fortsatte bort från den lilla sjön.

Det skulle ta dem ytterligare två dagar innan de nådde sitt mål men resten av resan innehöll inte några fler överraskningar.

5 Skolan för vidsynta barn

Den vita landrovern snirklade sig fram den sista biten uppför bergets sida. Vägen var förvånansvärt bra för att vara en väg till någon av byråns anläggningar. Lisa hade sneglat på Jan varje gång de passerat en skylt som deklarerade att vägen var avstängd. Enligt skyltarna skulle vägen inte vara farbar men nu hade de kört en god stund utan att en enda gång stöta på något hinder. En kilometer från själva skolan tog det dock stopp. Vid en bred ravin hade bron rasat och resterna hängde som en sorglig gardin ner över kanten. Jan suckade irriterat och stannade bilen. Med en grymtning vevade han ner rutan och ropade rakt ut i natten.

– Jan Jäspersson med lärling.

Till Lisas stora förvåning klickade det till bland resterna av den gamla bron och en hel och fin bro sköts ut över den. Ett metalliskt rasslande hördes när de båda brohalvorna möttes och låstes på plats. Jan grymtade igen, den här gången med en lite muntrare ton innan han lade i ettan och rullade vidare. Han körde försiktig som om han inte riktigt litade på konstruktionen. Nu var det inte nödvändigt att vara försiktig då bron var ett mästerverk och klarade betydligt större vikter än en vanlig bil. Den sista biten av vägen gick tätt utmed bergsväggen. Utifrån syntes inte vägen utan doldes av kraftiga klippblock. Ingen skulle kunna se om någon körde mellan ravinen och skolans område. De körde förbi en öppen stålgrind och framför dem låg plötsligt skolan. Den såg ut precis som Lisa mindes den. De långa huslängorna följde bergsväggens kanter och gårdsplanen var överströdd med stenar av olika storlekar. Minnet av hur de lekt "inte nudda mark" bland stenarna fick ett leende att spridas över hennes ansikte. Hon hade varit en stjärna på den leken. Nere vid ingången till avskiljningsgrottan låg det en damm. Där hade de brukat åka skridskor på vintern. De hade dock aldrig badat i den, inte ens under sommarens varmaste dagar. Vattnet kom från bergets glaciär och var svinkallt.

Det var något annat som väcktes i henne när hon såg sin gamla skola, längtan och, kanske saknad. Det var faktiskt så, hon saknade sina kamrater från tiden här. Hon hade ju ingen annan än Jan där hemma. För en flicka i tonåren kan det bli lite tråkigt att inte kunna snacka med en kompis då och då. Det hände så mycket inom henne nu för tiden och det var saker hon absolut inte kunde prata med Jan om.

Förmodligen skulle en trygg säga att Lisa var skadad av sin uppväxt och de skulle nog, om man såg till hur ett barn växte upp i de tryggas värld, anses ha rätt. Nu är det ju en gång för alla så att ska ett barn skolas till jägare så är det nödvändigt. Med föräldrar som ständigt talar om vad som finns och vad som inte finns skulle vi inte ha några vidsynta alls. Å andra sida, utan vidsynta jägare så skulle de trygga snart inse att det finns saker som man inte alltid kan förstå, men som finns i alla fall. Utan byråns jägare skulle mänskligheten snart falla ner i skräckens avskyvärda mörker ännu en gång.

Bilen parkerade Jan under en utskjutande klippa där det stod ett fåtal andra bilar. Skolan var utrymd och i det närmaste övergiven. Inga barn lekte på gården och Lisa fick en märklig känsla av att skolan blivit en tyst och dyster plats. Jan stäckte på sig och såg sig lite undrande omkring. Det var nästan tvåhundra år sedan han var här senast men stället såg nästan ut så som han mindes det. Han log lite när han såg den stora stenen mitt på gårdsplanen. Den var svår att missa då den stack upp högt över de andra stenarna i området. Det var där de på hans tid lekt "kung över berget". Ska man förklara den leken så var det ungefär som "herre på täppan" men med en stor skillnad, alla ungar som var med i leken hade en träkäpp. Med träkäppen som vapen pucklade de sedan på varandra för glatta livet. Den som sist stod ensam kvar uppe på stenen blev kung. Jan hade varit riktigt bra på den leken.

– Ähum, ursäkta men är det Jan?

En välkammad äldre man med strikt hållning stod ett par meter från bilen och såg frågande på honom. Jan vände sig om och skakade av sig tankarna från barndomen.

– Ja, precis som jag sade nere vid vägspärren. Vi har blivit skickade hit för att ni hade någon form av problem? Vad jag inte förstår är hur ni lyckats få troll i de här bergen igen. De hade ju försvunnit redan innan jag gick här.

Den strikta och synnerligen välputsade mannen presenterade sig som skolans rektor och enligt byråns traditioner kallades han därför bara för rektorn.

– Ja, fortsatte han, det är just det. Vi kan faktiskt ha fått problem med, öh, troll. Någon form av problem har vi hur som helst uppe i de övre gångarna. Kanske troll, han satte handen för munnen och hostade samtidigt som han mumlade, eller någon annan typ av odjur.

Jan missade det lilla tillägget men stirrade intensivt på rektorn som om han försökte finna något fel i den bild som rektorn presenterat. Mannen skruvade på sig och visade tydligt att han tyckte att det hela var obehagligt.

Jan muttrade innan han vände blicken mot Veletas topp,

– Har ni fått troll däruppe måste det vara bergsröta. Nåväl, de är åtminstone inte svåra att hitta.

Rektorn nickade ivrigt och såg plötsligt lättad ut,

– Ja precis, vi har kommit fram till samma sak.

Nu kan det vara på sin plats med en liten förklaring igen.

Bergsröta, eller kaspisk stenbrytare som är det korrekta namnet, är

ett troll som uteslutande bor inne i berg eller i underjordens

berggrund. De utgör inte någon direkt fara för människor om man

inte går in i deras gångar. En kaspisk stenbrytare lämnar nämligen

aldrig sitt skydd utan håller sig uteslutande inne i bergens

vindlande gångar där de ständigt krafsar sig vidare allt djupare in i

berget. De livnär sig i huvudsak på de djur som söker skydd i

grottornas mynning under dagen eller blir skrämda och flyr

djupare in i gångarna. En och annan människa slinker naturligtvis

också ner om de är dumma nog att kliva runt inne i bergsrötans

tunnlar. Kaspisk stenbrytare är ett riktigt fult troll som dessutom är

både klunsigt och klumpigt. De är otroligt kraftigt byggda och

nästan tre meter höga. Faktum är att de alltid är lika breda som

höga. Bergsröta är helt grå i färgen och har små plirande ögon. De

lever hela sina liv inne i kolsvarta tunnlar och är nästan helt blinda.

En bergsröta har inga synliga öron men känner av minsta vibration

i berget. De har en bred skalle som sitter direkt på den klumpiga

kroppen. Huvudets placering är faktiskt nere på bröstet så axlarna

är den högsta punkten på dessa fulingar. De har enormt kraftiga fram labbar och är överjordiskt starka. I den breda och fula truten sitter det stora, runda men synnerligen kraftiga tänder. De är inte särskilt vanliga i närheten av jordytan så det är väldigt sällan någon jägare träffar på dem.

Jan såg frågande på honom med en ogillande rynka mellan ögonen.

– Så ni har kommit fram till samma slutsats men inte gjort någonting åt det?

Det var något som inte stämde med den här historien men Jan hade svårt att se varför någon skulle ljuga om trollproblem för en jägare. Hur som helst var det något han var tvungen att kontrollera. Ungarna skulle förmodligen smyga in i grottorna av ren nyfikenhet om de hittade dem. Byrån hade nu för tiden svårt att hitta bra rekryter i den här delen av världen så att få några uppätna innan de ens blivit lärlingar skulle vara väldigt onödigt.

Jan klev ut mitt på den stora gårdsplanen och kikade upp längst bergets sida.

– Var såg ni de senaste spåren, frågade han samtidigt som han höjde handen för att skugga ögonen.

Högt över honom i närheten av toppen såg han några små prickar som rörde sig. Han antog att det var fler jägare som letade efter

trollet. Rektorn kom släntrande ut till honom och pekade mot en
stor plan yta vid sidan av toppen.

– Där finns det en ingång och den fortsätter uppåt och kommer ut
där. Han pekade högre upp mot toppen. Vi har inte följt gången
särskilt långt men det verkar som om det fortfarande är aktivitet i
den. Högen av sten och krossat berg växer utanför mynningen
varje natt.

– Hur är det möjligt att det inte finns någon enda på skolan som
kan klara av en så enkel sak som att plocka bort en kaspisk
stenbrytare, frågade Jan förbryllat.

Vad var det för lärare som jobbade på den här skolan nu för tiden?
På hans tid skulle någon av lärarna dra på sig sin rustning och göra
jobbet. Han rynkade pannan och såg fundersam ut när hans tankar
vandrade i väg åt det hållet. Något i den här berättelsen luktade
skunk. Han kunde dock inte komma på vad.

Under rektorns och Jans samtal hade Lisa strosat i väg längs
bergsväggen för att se hur hennes gamla rum såg ut nuförtiden.
Det kändes konstigt att gå på en så bekant plats utan att se en enda
unge. Inte för det spelade någon roll, hon skulle inte känna igen
någon av dem i alla fall. Alla hennes gamla kamrater var lärlingar
nu och hade spridits över världen. Hennes bästa kompis Lovisa
hade blivit lärling någonstans i Australien, det var allt hon visste.
Hon hade försökt att skriva till henne ett par gånger men det hade

aldrig kommit något svar. När hon öppnade den enorma trädörren och gick in i skolan såg allt exakt likadant ut som när hon själv gått där. De slitna stengolven och de långa korridorerna, de mörka väggarna som täcktes av träpaneler. Kristallkronorna i taket lyste upp de ändlösa gångarna precis som då. Hon slogs av att det verkade som om tiden stått stilla i dessa rum. Det var en kuslig känsla att gå i de bekanta korridorerna men att samtidigt känna att man inte hörde dit. Det var hennes gamla skola och allt såg likadant ut men hon hörde inte längre hemma här. Hon insåg att det inte var skolan som hade förändrats, det var hon.

Så småningom kom hon fram till den lilla porten som ledde ner till avskiljningsgrottan. Hon tvekade ett ögonblick innan hon med försiktiga steg gick in genom den kraftiga trädörren och fortsatte ner i den trånga spiraltrappan. Normalt fick eleverna som skulle göra provet gå in utifrån, genom den stora porten vid dammen. Nu var hon inte längre elev och den här vägen gick inifrån skolan direkt ner till väktarens kontor. Han satt som vanligt i den grottliknande salen utanför glasdörren som ledde in i avskiljningsgrottan. Han var en högrest man, nästan lika stor som Jan men med ett vänligt ansikte. Jan kunde ju som bekant vara rätt så butter. Med en inte alltför förvånad min såg han upp när hon utan att det hörts ett ljud plötsligt kom ut från trapphuset. I en sekund såg han lätt frågande ut innan han plötsligt sken upp.

– Lisa, vilken överraskning, vad gör du här? Du lämnade oss ju för flera år sedan. Inte har de väl skickade tillbaka dig.

Hon log tillbaka men undrade samtidigt hur i hela fridens namn han kunde komma ihåg henne. Hon hade bara träffat honom några gånger under hela sin skolgång.

– Nej, svarade hon lite tveksamt samtidigt som hon såg ner i golvet. Min lärare har blivit hitskickad för att skolan behövde hjälp med något. Hon tvekade en liten stund innan hon lade till, hur kommer det sig att du kommer ihåg mig?

Han log och det såg ut som om hela han strålade.

– Du, min lilla vän är den enda som tjatat på mig för att få komma in i grottan igen. De flesta elever lämnade min grotta med skrämd blick, du lämnade den med ett leende. Jag kommer alltid ihåg de få som gillar min grotta och du är nog den av alla elever som gillade den mest. När du gick som elev här fick du inte komma in i grottan efter avskiljningsprovet. Nu är du inte elev längre, han öppnade glasdörren och bugade, nu är du välkommen när som helst.

Hon såg först förvånad ut för att sedan spricka upp i ett bländande leende. Hon skulle få se den fantastiska grottan med alla dess underbara varelser igen.

– Kom, sa han och följde henne in i den enorma grottan.

Det var först helt mörkt men efter att väktaren dragit i ett par kraftiga spakar innanför dörren började det spraka i de stora eldfaten och ganska snart tändes eldarna en efter en. Det sista eldfatet tändes och grottan med alla sina massiva kristaller som stack ut ur väggar och tak flödade plötsligt i ett mjukt, gyllengult ljus. Det var precis som hon mindes det från avskiljningsprovet. Tillsammans gick de försiktigt längs den stenlagda gången. Där sprang små vasslöpare och urgulliga norska dvärgstenstroll huller om buller. Uppe i taket över dem blinkade unga dvärgdrakar yrvaket när ljuset bländade dem. Lisa var extatisk, allt var precis som då. Hon smög försiktigt fram till den lilla bäcken. I det kristallklara vattnet tumlade fortfarande den unga vattendraken runt. Nu var den ungefär lika stor som en säl men fortfarande mycket skygg. Hon mindes att den inte varit större än en tax sist hon såg den. Väktaren log.

– Vi ska sätta ut den där nästa år, sa han. Den ska precis som de andra ut i Loch Ness-sjön. Det är faktiskt de enda drakar vi sätter ut. Alla andra sorter för bara död och elände med sig. Den här sorten däremot är så fridfull att de trygga knappt märker av dem. Lisa såg för en sekund lite fundersam ut innan hon frågade,

– I Storsjön hemma hos oss, har ni satt ut någon där?
Väktaren skakade leende på huvudet,

– Nej, den som lever där är född vild, men det spelar ingen roll.

De är fullkomligt ofarliga allihop.

Nu såg hon nyfiket på honom.

– Finns det inga andra drakar som är snälla?

Frågan fick honom att skratta så att dvärgtroll och flygande ungdrakar skrämt for åt alla håll.

– De där är snälla, sa han, fortfarande skrattande, och pekade upp mot taket.

Hon kisade upp mot det fladdrande ljuset högt uppe i taket.

– Vilka sorter är det där?

– Vi har europeisk dvärgtanding och kinesisk snokdrake. Ingen av dem blir större än så här.

Han log när han så en av de grönskimrande drakarna trycka sig närmare klippväggen. Han älskade verkligen att ta hand om dessa små varelser.

– De räknas inte som riktiga drakar även om de egentligen är det, sa han. De varelserna som vi har härinne i avskiljningen går allihop i undergruppen knytt. De är sådana varelser som de trygga skulle få fnatt av att se men som är nästan helt ofarliga.

Han pekade på den till synes helt tomma bäcken.

– Utom den där förstås, han är inget knytt. Han är en riktig vattendrake.

Lisa strålade i kapp med kristallerna.

– Det här är helt underbart. Tänk om alla varelser som vi jobbar med vore så här.

Han log tillbaka mot henne men böjde sig ner för att knacka ett finger i hennes bröst.

– Då skulle vi ju inte behöva sådana som dig, eller hur?

Lisa fick en liten fundersam rynka mellan ögonen,

– Nej, det är klart, men ändå. De är alldeles underbara.

De tystnade och fortsatte längs stigen. Snart var det fullt med liv inne i grottan igen.

Hon tackade väktaren för att hon fått se grottan en andra gång och vände sig om för att gå. När hon stod i trappan kom hon på något och vände sig om.

– Hur kommer det sig att växterna klarar sig? Hon tänkte på alla buskar och träd inne i grottan. De behöver ju ljus.

Han log sitt varmaste leende mot henne.

– Jag ska ändå natta dem nu så stanna där så får du se.

Han vände och försvann tillbaka in innanför glasdörren. Efter några drag i de stora spakarna slocknade eldarna. Det som hände sedan var fantastiskt: en serie speglar, stora som biltak började automatisk att rikta in sig mot varandra. Plötsligt strömmade dagsljuset från spegel till spegel för att till sist träffade den största kristallen som satt nästan mitt i grottans tak. Kristallen kastade ljuset ut i grottan och fick det att reflektera mellan de andra kristallstavarna. På mindre än en minut var det ljust som mitt på dagen. De små varelserna kröp snabbt in i sina hålor och rullade ihop sig för att sova.

– Fränt, var allt Lisa sa innan hon började gå uppför den långa spiraltrappan.

Jan stod i dörröppningen till ett av de tomma elevrummen när Lisa kom upp i korridoren.

– Vad gör du? frågade hon.

Han pekade bara in i rummet och skakade på huvudet. Hon gick tveksamt fram och ställde sig bredvid honom.

– Vad är det, har det hänt något? Nu lät hon lite orolig.

Jan log roat och såg ner på henne, han fortsatte att peka.

– Ser du inte, över vänstra sängstolpen?

Hon såg noga åt det håll han pekade och log. Inristat i väggen över den vänstra sängstolpen stod det J J -1778.

– Man kan inte anklaga dem för att renovera sönder stället, sa han och log brett. Något buttrare fortsatte han, jäklar vad smisk jag fick för det där.

Det var kanske inte så konstigt att Lisa tyckte att skolan såg likadan ut som den gjort när hon gick där. Den hade inte förändrats särskilt mycket sedan Jan gick där heller, och det var rätt så länge sedan. Han skrattade plötsligt till,

– Jag hoppas de bytt ut kudden i alla fall, det bodde en mus i min när jag var elev här.

6 Kärt återseende?

Jan sträckte på sig när han vaknade och låg kvar en stund för att se sig om i rummet. De mörkfärgade träpanelerna på väggarna var samma som när han hade gått på skolan. Sängen var förmodligen också densamma men han mindes den som större. Taket verkade vara nymålat och lampan var av en annan typ än på hans tid. I övrigt verkade allt vara sig likt. Han stapplade upp från sängen för att gå till toaletten. Det här var ju inget hotell så det var de gemensamma dusch och tvätt utrymmena som gällde. När han varit elev hade han bara virat en handduk runt midjan men nu valde han i stället att ta sin stora svarta läderrock. Den fick fungera som morgonrock. De gamla minnena började komma tillbaka när han rakade sig i den polerade silverskivan som användes till spegel. På den tiden skolan byggdes var spegelglas otroligt dyrt så de hade använt polerat silver i stället. Han mådde på det hela taget ganska bra när han gick för att hämta Lisa.

 Hon sov i rummet bredvid men lyckades nästan alltid med att försova sig.

När han rundade hörnet från pojkarnas avdelning ut i den allmänna delen såg han något som fick hans goda humör att blixtsnabbt försvinna. Lisa var tydligen redan uppe och nu stod hon och pratade med en ung man. Pojken stod precis så fel som en kille kunde göra om han bara ville prata. Lisa stod lutad mot väggen med ena benet uppdraget. Hon såg väldigt intresserad ut av vad pojkspolingen hade att säga. Med sin ena hand tvinnade hon en förlupen hårslinga samtidigt som hon ivrigt nickade till allt som ynglingen sa. Den rackarns grabben stod med ena handen i väggen och lutade sig fram så att han kom nära henne, alldeles för nära, åtminstone enligt Jan. Han tog ett par snabba kliv fram och harklade sig. Lisa gav honom ett irriterat ögonkast men den unge mannen vände sig om med ett leende. Jan hade till en början svårt att placera var han sett grabben förut men pojken verkade svagt bekant.

  – Nej men är det inte min gamla lärare, sa den unge mannen när han såg Jan.

Han leende blev bredare när han sträckte fram handen för att hälsa. I ren förvåning tog Jan handen och skakade den kort. Plötsligt slog det honom, det här var samma grabb som Jan hade haft som lärling några år innan han fick Lisa. Den usling som genast hade begärt förflyttning till första drakjägardivisionen så fort Jan skällt lite på honom.

  – Tom, vad gör du här? frågade han i en lätt fientlig ton. Jans ansikte vanpryddes av en irriterad min. Tom log brett.

– Min lärare och jag är kallade för att lösa ett problem åt skolan. Frågan är vad du gör här? Jag kan inte tänka mig att en trolljägare kan hjälpa till med det här problemet. Det ligger nog lite utanför trolljägarnas expertområde.

Han fortsatte att le som om han inte alls precis kastat ur sig en riktigt dräpande kommentar. Jan mulnade om möjligt ännu mer och grymtade bara. Han föste bryskt undan Tom innan han tog med sig en något motvillig Lisa till matsalen.

– Akta dig för den där, muttrade han, han är bara till besvär och helt omöjlig att lära någonting alls.

När solen kommit upp över berget gnistrade bergssidan som om den vore täckt av miljoner små diamanter. Både Jan och Lisa klätt sig i sina rustningar och väntade ute på gårdsplanen. Lisa hade behövt hjälp att få på sig sin brynja igen. Den var två år gammal nu och de spännen som från början varit hårt inspända var nu helt borttagna. Hon höll helt enkelt på att växa ur sin rustning. Det var något Jan i hemlighet var lite ledsen över. Han hade aldrig sagt något till henne men rustningen var specialbeställd. Han tyckte hon såg ut som en liten prinsessa i den blänkande rustningen. Vita drakstövlar som gick upp över knäna, den vackra vita brynjan med tusentals gyllene ringar. Runt midjan hade hon ett vitt bälte med nitar och detaljer i renaste guld. Över bröstet satt liknande men tunnare remmar i kors. På huvudet hade hon en kinesisk huvudkrans som även den var förgylld, de tre metalltungorna som satt i framkanten böjde sig bakåt över hennes lockiga hår. Den tungan som satt i mitten gick dessutom vidare ner över ansiktet och täckte näsan. Den huva som en gång tillhört rustningen var nu mera borttagen. På ryggen hade hon ett svärd. Det skulle ha varit två men hon förlorade sitt trolljägarsvärd när de var i Kina för två år sedan. Hon var verkligen vacker där hon stod i morgonsolen. Hela hon strålade i kapp med solens rosa gryningsljus. Själv hade Jan sin vanliga svarta rock av ryggskinn från ormdrake med stora svarta stålplattor fastsydda. På huvudet hade han en hjälm som satt tätt runt huvudet och som också hade en metalltunga som gick ner över näsan. Uppe på hjälmen satt det en rad med vassa spikar som pekade åt alla håll. Från hjälmens bakre kant hängde det ner ett stycke drakskinn som skulle skydda nacken. Lisa grymtade lite när hon såg att han redan hade hjälmen på sig, hon tyckte den var skitful.

De var inte ensamma på gårdsplanen, Tom var också där. Han stod tillsammans med en satt man med kraftiga axlar. De bar ingen rustning utan tjocka vadderade rockar med någon form av rund stålkrage som gick runt hela rockens överkant. Det såg ut som om de hade ramen till ett cykelhjul runt halsen. Jan kände inte igen mannen men han kände igen utrustningen, det var drakjägarens uniform. Han var egentligen inte av någon nyfiken natur men han kunde inte låta bli att undra varför drakjägare var inkallade om det gällde en bergsröta. Det stämde inte alls. Jan funderade på om han skulle presentera sig men innan han lyckats bestämma sig öppnades dörren till expeditionen och rektorn klev ut på gårdsplanen.

– Jaha, jag ser att ni redan är klara, utmärkt, sa han innan han fortsatte, Kurt det här är Jan, Jan det här är Kurt.

De båda lärlingarna fick ingen presentation.

– Ni har kallats hit för att vi har ett problem. Kurt, du och din man kan hämta er utrustning. Jan du och din ma… lärling, rättade han sig, kan hoppa in i bilen.

Jan vände för att hämta deras bågar och koger men blev raskt återkallad.

– Ni behöver inte bära med er de där grejorna. In i bilen bara.
Nu var Jan säker på att det var något lurt på gång. Han gjorde dock som han blivit tillsagd.

De åkte på en slingrig väg som långsamt gick allt högre upp i berget tills de till slut inte kom längre. Vid en liten öppen platå där vägen slutade var flera rep fästa i berget. Rektorn pekade,

– Vi ska upp där och sedan är det inte långt kvar.

Det tog dem gott och väl en timme att komma upp till den håla i berget som tydligen var deras mål. Redan på långt håll hördes det att det fanns personer uppe vid grottmynningen. Det var en alldeles för tuff klättring för att Jan skulle försöka fråga vilka de var. Han använde ett av repen och hävde sig upp, bit för bit. De båda drakjägarna i sina bylsiga drakjägardräkter hade det om möjligt ännu svårare. Rektorn var van vid dessa berg verkade klara sig lite bättre än de övriga männen. Den som verkligen stod ut i den här gruppen var dock Lisa, Hon for som en ekorre uppför bergsväggen. Först stod hon med huvudet på sned och kikade upp på den tvärbranta väggen en liten stund., Omedvetet lade hon alltid huvudet lite på sned innan en klättring. Hon var den sista av de fyra att börja klättra men inom några sekunder så var hon redan högt över de kämpande männen. Hon använde inte ens repen, hon bara skuttade från det ena minimala fotfästet till det andra. De övriga var dock för alldeles upptagna med att undvika att ramla ner för att se hur hon gjorde när hon tog sig förbi dem. Inte ens Jan hade tid att uppmärksamma hennes vilda skuttande.

Lisa stod snart på en slät platå, det såg nästan ut som om berget började om här. Från kanten av det stup hon just klättrat upp från och fram till den fortsatta bergsväggen var det ungefär etthundra meter. Hela platån var platt som en fotbollsplan och ungefär lika

stor. Det låg enorma grushögar här och där men förutom det så var

den slät. Hon såg sig om och kunde konstatera att de andra snart

var halvvägs, ja utom den äldre av drakjägarna förstås, han hade

inte kommit särskilt långt. Den förste av männen som kom

kravlade över kanten var rektorn. Så fort han kommit upp på

platån reste han sig och gick vidare bort mot grottan. Nästa man

som kom upp var Jan. Han grymtade något om odugliga

drakjägare innan han helt enkelt tog tag i ett av repen och började

hissa upp de båda männen. Både Kurt och lärlingen Tom hängde

som två övermogna plommon i änden av repet. Jan fick dra ganska

länge för varken Kurt eller Tom hade lyckats ta sig många meter

på egen hand. Lisa och Jan såg på det hela taget ganska oberörda

ut men Kurt och Tom var, trots att de blivit upphissade,

genomsvettiga. Det ska tilläggas att drakjägare inte är sämre

tränade än trolljägare men deras rustning är som en rackarns bastu.

De bär en typ av dräkt som innehåller väldigt lite skydd mot bett

och klor men väldigt mycket mot värme. Dräkterna är gjorda av

tjugotre tätt sammanfogade lager av asbesttyg. Kom ihåg att de

flesta drakar sprutar eld. Det är faktiskt ganska trevligt att slippa

bli grillad på jobbet. De två gråklädda männen stod kvar vid

kanten och försökte hämta andan. Jan och Lisa lämnade dem och

gick närmare grottan för att se vad som stod på. Det var

uppenbarligen något tumultartat för det var ett himla liv inne i grottan.

Rektorn vände sig om när de kom fram och pekade över axeln.

– Experter från Kina, vi hade turen att få hit två av deras bästa drakjägare.

Jan blev plötsligt blixtarg. Han hade äntligen förstått varför hela den här historien hade känts så fel. Först chefens märkliga fjäskande och sedan rektorns veliga förklaringar och undanflykter. Han vände sig mot rektorn med en blick kunnat smälta stål,

– Varför i hela fridens namn har jag blivit kallade om det är en drake ni har problem med? Han pekade med ett ilsket darrande finger mot rektorns bröstplatta, kan du vara så vänlig och svara på den frågan.

Rektorn skulle precis öppna munnen när två personer klädda i drakjägarens bylsiga klädnad kom ut ur grottan. Den ena drog den andra efter sig och det verkade som om den liggande var stel som en staty. De släppte genast frågan och rusade snabbt fram för att hjälpa till. Lisa kunde nu se vad den stålring som de båda männen hade haft runt halsen var till för. De som kom ut ur grottan hade vadderade hjälmar fastsatta vid kragringen. De reflekterande visiren gjorde att de mer såg ut som robotar snarare än människor. Den av de två som kunde röra sig släppte den stelfrusna och började genast att knäppa upp spännena till sin hjälm. Rektorn skyndade fram och knäppte med vana händer upp spännet för att sedan vrida av hjälmen på den statyliknande figuren på marken. Personen inne i dräkt levde men såg väldigt frusen ut. En liten istapp av snor satt fast under personens näsa och frost blänkte i ögonbrynen.

– Brrr, d,det är svinkallt härinne, de här j,j,jäkla dräkterna fungerar inte. Vi behöv…

Personen tystnade en sekund innan det kom ett glatt men något hackigt,

–H,h,hej Jan, är L,Lisa också här?

Jan backade skrämt ett par steg samtidigt som han oförstående skakade på huvudet, det kunde inte vara möjligt. Han stirrade som förhäxad på den stelfrusna gestalten en lång stund innan hans blick långsamt och oroligt lyftes mot den andra som nu krängde av sig sin hjälm.

– Åh nej, det kan inte vara sant, stönade han samtidigt som han blev betydligt blekare i ansiktet.

Hur stor var chansen att de kinesiska experterna skulle vara de båda galna systrarna som han hade haft det tveksamma nöjet att träffa senast gången de var i Kina?

– Det finns ju för tusan nästan en miljard kineser, hur är det här ens möjligt? muttrade han uppgivet.

Med en orolig men ändå bestämd min vände han sig mot rektorn och pekade på de båda kvinnorna.

– Sätter sig någon av de där två bakom ratten när vi ska härifrån så går jag.

De båda systrarna vinkade glatt mot Lisa som stod en liten bit bort, eller Lo vinkade, Lu satt fortfarande fast inne i den djupfrusna dräkten och kunde inte röra en fena.

När Lus dräkt tinat tillräckligt mycket för att de skulle kunna hjälpa henne att ta den av sig inledde drakgruppen och rektorn en kort diskussion. Deras dräkter var gjorda för att klara av höga temperaturer. Nu visade det sig att det problem som fanns inne i det här berget inte sprutade eld, det sprutade luft som var så kall att den var flytande. De två systrarna hade sett en kort glimt av draken innan den förvandlat Lu till en staty. Dräkten hade stelnat i samma ögonblick som hon träffades av strålen som skjutit ut ur bestens gap. Lo pekade in i hålet och förklarade kort,

–Den där draken borde inte finnas här. De lever bara högt uppe i bergen runt K2 och därifrån är det är en väldigt lång väg till Andalusien.

Lu huttrade fortfarande men lade sig stammande i sin systers utläggning,

– V,v,vi har att göra med en indisk isdrake.

Jan som stod en bit ifrån gruppen drog efter andan.

– Glacies Milvus, jag har hört talas om dem. Enligt böckerna är det en av de farligaste drakarna.

Hela drakjägargruppen tystnade och vände sig förvånat om. Lo var den första som kom sig för att säga något.

– Vad? sa hon samtidigt som hon frågande slog ut med armarna.

Jan harklade sig generat och försökte förklara.

– Ja, alltså isdrake, den heter Glacies Milvus på latin.

Han såg tvivel och om möjligt ännu mer förvåning i deras ansikten. Återigen var det Lo som öppnade munnen,

– På riktigt Janne? Tror du vi har någon som helst nytta av att veta vad den usla besten heter på latin?

Stammande fyllde den fortfarande genomfrusna Lu i,

– Men för tusan, kom igen Janne.

Hon blängde på honom under sin istappsfyllda lugg.

Vad de andra inte hade en aning om var att,

1, Jan visste vad alla troll och de flesta drakar hette på latin.

2, han hatade att bli kallad Janne.

De hade alltså ett problem med utrustningen. De tunga och klumpiga drakjägardräkterna skulle inte hjälpa dem särskilt mycket nu när de skulle ta hand om den här besten. De fick vackert klättra ner igen och komma på något annat sätt att skydda sig. Jan visste exakt vad som skulle kunna hända om någon av de tokiga systrarna lyckades komma ner till bilen först. Han inledde ett desperat klätterrace ner till parkeringen och han slog de båda systrarna med tio minuter. Hans oro visade sig dock obefogad, väl nere vid bilen så tog rektorn plats bakom ratten och de övriga trängde ihop sig bak i bilen. Det blev en lugn men pratsam resa ner till skolan. Lo berättade för de andra drakjägarna hur hon, hennes syster och Jan hade gett sig ut i Gobiöknen i jakt på spänning och äventyr. Jan muttrade surt att han bara hade letat efter Lisa efter att hon hade försvunnit. Lo fortsatte med att berätta hur hon hade klarat av att köra den stora jeep de då använt utan att göra mer än ett par små märken på den. Men så fort Jan och en konstig amerikan satte sig i bilen hade de pajat den totalt. Jan muttrade att det inte riktigt hade varit deras fel att marken plötsligt hade försvunnit under dem. De hade bara råkat sitt i bilen när den hade rasat rakt genom taket till en tunnel. Lo avslutade det hela med,

– Jaa, män kan verkligen inte köra bil.

Lu, som fortfarande skakade av köld, nickade ivrigt.

– Värdelösa på bilkörning men bra på annat va?

Hon gav Jan en armbåge i sidan och blinkade. Jan, som inte hade en aning om vad hon menade, valde att inte svara. Förutom de pladdrande systrarna var stämningen lite tryckt i bilen. Rektorn satt redan och diskuterade med Kurt om vad för typ av skydd de skulle kunna få fram. På andra sidan av systrarna från Jan sett hade

Lisa och Tom knölat in sig. De sade ingenting men ingen av dem verkade ha något emot att sitta tätt tryckta mot varandra. Den som mådde bäst av trängseln i baksätet var nog ändå Lu som under resans gång började få tillbaka lite färg i ansiktet. Hon såg på Jan igen.

– Din rackare, sa hon och log fräckt. Hade Mary vetat att du skulle dyka upp hade hon nog tagit det här uppdraget själv. Jan förstod faktiskt ingenting av det hon antydde så han gjorde som han brukade i sådana situationer. Han surade ihop och höll tyst. Det var flera saker han inte var riktigt nöjd med. Till att börja med förstod han inte varför han var här. Det här var uppenbarligen ett problem för drakdivisionen. Det fanns helt enkelt ingen användning av en trolljägare i de här bergen. Den rackarns ynglingen som satt tätt tryckt mot Lisa på andra sidan i bilen var också en orsak till irritation. Grabben hade varit Jans förra lärling, eller skulle ha varit. Han hade lämnat trolljägarna och sökte sig till drakjägarna efter bara några veckor. Hade Jan bara tänkt efter lite så borde han varit glad över att Tom lämnat honom. Hade han stannat kvar hos Jan så hade aldrig Lisa blivit hans lärling. Då hade de förmodligen aldrig fått reda på att hon var hans förlorade dotter. Det fanns mycket han behövde tänka igenom men inte här i en bil tillsammans med alla andra. Dessutom så var det stört omöjligt att tänka någonting alls när de hopplösa systrarna ständigt pladdrade på om allt och alla. Det han minst av allt förstod var varför de rackarns systrarna fick en lurig glimt i ögonen varje gång de nämnde Mary Lee.

7 Listiga idéer

Det dröjde fram till eftermiddagen innan de skulle träffas igen.
Den här gången utan att först klättra uppför ett halvt berg. De
möttes i ett av styrelserummen på översta våningen i skolans
huvudbyggnad. Det var rektorn, Kurt, Lo, Lu, och Jan, de båda
lärlingarna var inte inbjudna. Rektor stod faktiskt och diskuterade
situationen med systrarna redan när Jan kom. De mumlade och
ritade olika skisser på vad som kunde göras och hur de skulle gå
vidare. Jan satte sig och väntade på att de skulle bli klara. När de
inte visade några tecken på att de hade sett honom harklade han sig
ljudligt. Rektorn vände sig förvånat om och såg som hastigast på
honom innan han fortsatte sin viskande diskussion med systrarna.
När gott och väl tio minuter hade gått rätade han på sig och såg
ursäktande på Jan.

– Jaha, vi är nog klara här.

Jan såg förvånad ut.

– Men jag då? Och Kurt han är ju inte heller här, skulle vi inte
vara med på det här mötet?

Rektorn skruvade på sig och såg besvärad ut innan han pekade ut
genom fönstret.

– Kurt håller på att rigga en linbana från ingången till grottan ner till gårdsplanen. Vi kommer att behöva få upp ganska tunga saker för att det här ska fungera.

Jan såg ut som om han just fått reda på att kor kan flyga.

– Vad ska fungera? Vad jag vet så har vi inte kommit fram till något alls.

Rektorn log generat när han svarade,

– Nej, just det, jag och experterna har redan kommit fram till en lösning. Det är nog så att vi inte behöver någon trolljägare trots allt. Vi kommer dock att ha behov av din lärlings speciella egenskaper.

– Lisa? Jan var helt ställd, behöver ni Lisa men inte mig? Vad i hela världen är det som hon klarar men som inte jag?

Rektorn harklade sig och flackade med blicken.

– Klättra, enligt experterna är hon fantastiskt duktig på att klättra, stämmer inte det?

Jan var tvungen att erkänna att förvisso kunde han klättra, men inte som Lisa, det kunde ingen. Det var alltså därför byrån hade skickat honom till skolan i Andalusien, för att de behövde hans lärling. De hade ingen nytta av honom men de behövde någon som var duktig på att klättra. De jäklarna hade lurat honom bara för att kunna utnyttja Lisas förmåga att klättra som en ekorre. Han behövde inte fundera länge för att förstå vilka som kommit på den idén. Det var bara systrarna som visste om Lisas oöverträffade förmåga att klättra så det var inte svårt att lista ut vilka som var hjärnorna bakom bedrägeriet. Byrån lät inte lärlingar åka kors och tvärs över världen utan sina lärare så för att få hit Lisa så hade de varit de tvungna att lura hit Jan. Han kände sig plötsligt otroligt korkad. Hans jobb hade alltså varit att agera chaufför åt Lisa, ingenting annat.

Det var inte en munter Jan som kom ut på gårdsplanen. Han stannade upp och såg sig om en liten stund innan han fortsatte bort mot den lilla dammen som låg utanför avskiljningsgrottans stora port. Det var där som Kurt höll på att fästa den stora masten som skulle hålla det nedre fästet till linbanan. Det var inte bara Kurt som jobbade med masten utan även unge Tom, och av någon anledning också Lisa. De slet hårt för att fästa masten med linor som i sin tur spändes i nerslagna järnspett. Det var ingen lätt uppgift att få ner någonting alls i den frusna och steniga marken. Det såg dock på det hela taget ganska bra ut, det måste till och med Jan erkänna. Han svalde sin irritation och lät i stället nyfikenheten ta över.

  – Hur har ni tänkt att den ska fungera? frågande han när Kurt kom inom hörhåll.

Kurt drog ett sista varv på den mutter han för tillfället fäste på en av klämmorna som spände runt linan.

– Det är ganska enkelt. Han pekade upp mot klipphyllan där grottans mynning låg. Därifrån tänker vi dra en lina så att vi kan få upp den tunga utrustningen. Det här är något som ni trolljägare inte behöver pyssla med, fortsatte han och skrattade. När linan är riggad så kommer vi att lägga en liten rullsläde på den som vi sedan fäster en stor korg i. När det är klar är det bara att lasta allt i korgen och dra upp den.

Jan släntrade fram de sista metrarna innan han såg upp mot klipphyllan. Han följde den tänkta banan med blicken. Det måste vara flera hundra meter.

– Hur i hela fridens namn ska ni få upp linan?

Kurt log, men svarade bara genom att peka på vad som i Jans ögon såg ut som ett långt rör på hjul. Han såg frågande ut men valde att undersöka konstruktionen själv i stället för att verka dum genom att ställa fler frågor. Det var ett rör som var cirka tre meter långt och som hade en stor rund tank mellan vagnens båda hjul. En mindre motor såg ut att vara kopplad till en annan motor satt framför den stora tanken. Från tanken gick ett kort men grovt mässingsrör till botten av det raka stålröret. I främre delen av röret satt ett sikte och någon form av handtag. Jan kliade sig frånvarande bakom örat, han hade inte en aning om vad det var han hade framför sig. Med ett höjt ögonbryn såg han frågande på drakjägaren.

– En lufttryckskanon, log Kurt. Vi skjuter helt enkelt upp linan genom att fästa den i en drakjägarlans och skjuter hela härligheten upp till toppen.

Jan kunde inte låta bli att bli lite imponerad. Som trolljägare var man utrustad med pilbåge och ett svärd. Det var förvisso de bästa svärd och bågar som det gick att få tag på, men det var inte några sådana här grejor. Jan som för ett ögonblick lyckades glömma bort att han var satt på avbytarbänken frågade,

– Vad är det för saker ni behöver få upp? Jag menar, hur dräper man egentligen en drake? De är väl inte precis lätta att döda efter vad jag har förstått.

Kurt lade ifrån sig den slägga han för tillfället arbetade med och rätade på sig. Han vände sitt svettiga ansikte uppåt och såg tankfullt upp mot klipphyllan.

– Nej, det har du så rätt i så. Till att börja med, försök aldrig skjuta en drake i sidan. Det retar dem bara och du får inte ut någonting av det. En europeisk eldsprutande drake är ändå ganska lätt att dräpa. Det går att skjuta dem i det ljusa skinnet, rakt in i bröstet eller magen. Det är bara att vara kall och vänta tills de anfaller. När de höjer huvudet för att dra in luft blottar de bröstet. Två man står beredda med en sådan här, han klappade på tryckluftskanonen. Den som sköter avtryckaren står här, han visade på det märkliga handtaget. När väl draken visar bröstet är det svåraste gjort. Sedan skjuter man dem med en lans genom att trycka in handtaget. Den som vi har att göra med nu är dock svårare att dräpa. En indisk isdrake har stenhårda fjäll över hela kroppen. Den här typen av drake ska, enligt experterna, bara gå att skjuta genom fläcken under hakan.

De finns en röd fläck, stor som en fotboll ungefär, mellan haka och hals. Det är den fläcken vi ska sikta på. Kurt såg länge på den hjulförsedda kanonen innan han fortsatte, Vi kommer att använda en lättare variant än den här till själva uppdraget. En som är lite smidigare.

Jan skakade sakta på huvudet och mumlade.

– Är det de båda systrarna som är era experter? Då ligger ni nog mer illa till än du kan ana.

Kurt rynkade pannan när han tänkte efter.

– Jaa, jag vet inte. Det är de som kan den här typen av odjur. Jag har faktiskt aldrig sett en isdrake förut så jag vet inte. Deras idé verkade ganska genomtänkt i alla fall. Vi riggar den här, han pekade på masten, och får på så sätt upp vad vi behöver.

– Vad är det ni behöver då? frågade Jan. En handburen lufttryckskanon och en lans. Är det så tungt att ni behöver ni en linbana?

Jan så uppriktigt förvånad ut.

– Ja, en handkanon väger femtio kilo och en draklans är fyra meter lång så den väger en del den med.

Kurt pekade bort mot ingången till avskiljningsgrottan där utrustningen stod. Lansen som stod lutad mot klippväggen var verkligen lång. Jan gick fram till den och kände försiktigt på det massiva vapnet. Det mörka skaftet var tjockt och väl inoljat. I toppen satt en kraftig stålspets. Den blanka spetsen reflekterade morgonhimlens rosa ljus vilket fick den att se glödande röd ut. Bredvid lansen stod ett svart rör med en liten rund tank i botten. Två handtag satt ungefär en meter från mynningen och vid ett av dem var en röd knapp monterad. Han pekade på röret med en frågande min. Kurt stod några meter bakom honom men förstod frågan och svarade.

– Vi fyller tanken med tryckluft innan vi åker upp. Han pekade på den hjulförsedda pjäsen. Vi fyller luft från den stora kanonen men sätter i lansen först när vi är uppe vid grottan. En handburen kanon har ingen egen tryckluftsmotor. Den är tung så det räcker ändå. Det krävs, som jag sa tidigare två man för att hantera den. Den som står längst fram håller röret på axlarna och den som står bakom håller i handtagen och riktar lansen. När besten är i rätt läge så är det bara att trycka på knappen så far lansen i väg.

Jan gick lite närmare röret och böjde sig ner för att studera det.

– Och om man missar? Hur lång tid tar det att ladda om?

Kurt såg bister ut när han svarade.

– Du hinner inte ladda om, man har ett skott på sig. Han pekade
på röret han kallat för en handburen kanon, den där måste
dessutom till en kompressor för att fyllas efter varje skott. Missar
man så är man grillad, eller i det här fallet en isglass. Hur som
helst, fortsatte han, det är det bästa vapen som man kan ha om man
ska in i en drakgrotta. Med pil och båge som ni använder är man
rökt. Fördelen är väl att en drake åtminstone har ett hjärta. På det
viset är de är lite lättare att dräpa än en hjärtlös.
Jan visste precis vad Kurt talade om, hela sin karriär hade han
ägnat åt att jaga de hjärtlösa.

Ytterligare en liten förklaring kan vara på sin plats då det faktiskt
kan vara en och annan trygg som skulle kunna läsa det här. En
drake fungerar ungefär som vilket djur som helst i naturen, den har
en hjärna och ett hjärta. Problemet med drakar är deras storlek och
naturligtvis deras otroliga förmåga att spruta otrevligheter omkring
sig. I de flesta fall är det eld som kommer ur drakens gap men när
det kommer till en indisk isdrake är det superkall luft. En drakes
skinn är dessutom otroligt kraftigt och nästan helt omöjligt att
sticka hål på. Den som har det hårdaste och tuffaste skinnet är
faktiskt den indiska isdraken. Den är dessutom den vackraste av
alla drakar. Draken har ett vitt skinn som täcks av små stenhårda
fjäll. En gång i tiden var ett fjäll från en isdrake så värdefullt att du

kunde köpa en hel gård för ett enda. Fjällen är pärlemorfärgade och har en kant av vackraste guld. Drakens vingar är till hälften genomskinliga men skimrar i silver när de flyger. En indisk isdrake är förmodligen det vackraste djuret som någonsin existerat. De hjärtlösa däremot, de är inte ett dugg vackra. Troll är fula bestar som dreglar, stånkar och bär sig åt. Annledingen till att de går under kategorin hjärtlösa är för att de faktiskt inte har något hjärta. På ett troll pumpas de svarta kroppsvätskorna runt genom att samtliga muskler hjälps åt. Det är därför det är så lätt att se om ett troll är upphetsat eftersom hela trollet då pulserar. Faktum är att det fortfarande finns ett uttryck som härstammar från tiden innan människor flyttade från landsbygden och in i städerna. Från den tiden då kunskapen inte var dold och folk fortfarande visste vad skuggorna dolde. Det uttrycket löd ursprungligen "var inte som en hjärtlös". Det betydde helt enkelt att man inte skulle vara lika elak som ett troll. Så småningom när folk flyttade in till städerna och kunskapen om de vidriga varelser som lever ute i skogar och kärr försvann så ändrades så småningom uttrycket till "var inte så hjärtlös". Betydelsen är dock fortfarande densamma, att man inte ska vara elak.

Det största problemet för drakjägarna just nu var dock inte hur de skulle dräpa besten utan hur de skulle skydda sig mot den kalla luft som draken fräste ur sig så fort någon kom i närheten. De hade förvisso specialsydda dräkter för eldsprutande drakar men de rackarns dräkterna blev stenhårda när den här draken blåste på dem. Asbestdräkten var konstruerad för värme och löste den uppgiften alldeles utmärkt. Extrem kyla däremot, då fungerade den inte alls. Lu hade testat och hon hade blivit förvandlad till en staty. Det hade dessutom varit väldigt kallt inne i dräkten. Hon var inte ett dugg sugen på att prova igen. Lösningen var egentligen hur enkel som helst, ändå tog det tre dagar att komma på vilken sorts dräkt de skulle använda.

De tre drakjägarna satt tillsammans med Tom och rektorn för att försöka komma på hur de bäst skulle skydda sig. Någon föreslog en ledad stålrustning men då sa någon annan att stålet skulle bli så kallt att kroppen frös fast i det. De bollade idéer fram och tillbaka utan att komma närmare en lösning. Det var först under dag tre när Jan och Lisa blev inbjudna till diskussionerna som det hände något.

– Vi behöver en dräkt som är tät och som skyddar mot extremt kall luft, förklarade rektorn.

Jan såg på honom med en tydlig förvåning i blicken.

– Vilka jobbar i absolut nollgradiga temperaturer och behöver en lufttät dräkt? frågade han.

Lo rynkade pannan och försökte se klurig ut när hon svarade.

– Dykare förstås? Men deras dräkter är gjorda av gummi och skulle gå sönder så fort den här draken andades på den.

Jan sneglade inte ens åt hennes håll men lät extremt trött när han svarade på sin egen fråga,

– Astronauter, de har dräkter som klarar låga temperaturer och som det ändå går att röra sig i. Dessutom är deras dräkterna helt täta.

Hela gruppen stirrade på honom över det stora, runda bordet. I dagar hade de försökt komma på en idé. När de nästan givit upp kläckte den förbaskade trolljägaren en perfekt lösning så fort han satte sig vid bordet. Ibland är det inte lätt att komma på det självklara ens om man har experter vid sin sida. Lo försökte rädda lite av drakjägarhedern genom att invända,

– Jo, alltså, det var vårt nästa förslag.

Lu nickade ivrigt bredvid henne,

– Men var får vi tag i sådana dräkter?

Runt bordet blev det en något tryckt stämning, det var ingen av dem som trodde på att de båda ”experterna” hade tänkt på rymddräkter men de ville heller inte säga det rakt ut. Det var rektorn som bröt tystnaden. Han harklade sig demonstrativt,

– Ehum, vi kan alltid ringa Buzz, han tillhörde vår amerikanska avdelning en gång i tiden.

– Edwin Aldrin? Har han jobbat för byrån? frågade Tom med

förvånad min.

Rektorn log ett underfundigt leende när han svarade.

– Ja han var i vår tjänst i nästan fyrtio år innan han tog värvning i flygvapnet. När de sedan började skicka upp folk i rymden hamnade han där. Som ni vet så får byråns jägare inte vara soldater i de tryggas tjänst. Han fick lämna byrån när han tog värvning men vi har fortfarande kontakt med honom då och då. Han kan nog att fixa några dräkter åt oss.

Det tog bara fyra dagar innan en stor anonym låda landade på gårdsplanen utanför skolan. Inuti låg ett antal vita rymddräkter. En grå lastbil hade kommit krängande uppför berget och dumpad den mitt på gårdsplanen. De båda experterna, ja, de tokiga systrarna alltså, började genast att bryta upp locket. Nyfiket kikade de ner i lådan när de äntligen lyckats öppna den. Där låg de, rymddräkterna som skickats med expressbud hela vägen från USA. De visade fortfarande tydliga tecken på att det suttit diverse märken på bröstet och ena ärmen. Någon hade dock sprättat bort dem så de var nu helt vita. De stora paketen som skulle sitta på ryggen stod prydligt uppradade utmed kanten i lådan. Ögonen lyste på ett oroväckande sätt på de båda "experterna" när de synade dräkterna.

Under tiden de väntat på den eftersända utrustningen hade de dock inte varit sysslolösa, de hade riggat färdigt linbanan och testat den.

Det var ingen märkvärdig skapelse egentligen. En grov stolpe vid dammens kant och en uppe på klipphyllan. En vajer sköts upp till klipphyllan där den fästes i toppen av den stora stolpen. När den väl var fäst i den nedre stolpen sträcktes den så att den blev hårt spänd. Jan stod och såg på den färdiga linbanan. En gul plastkorg som såg ut ungefär som en vanlig skräpcontainer, fast mindre, var fäst med linor som i sin tur satt fast i en hjulsläde som rullade uppe på vajern. Han såg frågande på Kurt.

– Hur får ni upp den?

Han pekade på den gula korgen. Kurt log,

– Uppe på bergshyllan står det en vinsch som drar upp korgen. När den ska ner är det bara att släppa bromsen så kommer den ner igen.

Jan studerade den nedre delen av den spända vajern. En flera meter lång spiralfjäder satt runt dess bas och var tydligen till för att fånga upp korgen när den kom ner. Det såg ut som en finurlig idé.

När allt var klart tog Kurt upp en komradio.

– Kör på, var den korta ordern han gav.

Tom som stod uppe på klipphyllan startade motorn och den gula korgen började muntert åka uppför linan. De stod och såg efter den när den for längs linan. Kurts leende blev bredare när han lyfte radion igen,

– Den fungerar, toppen, det räcker. Du kan släppa ner den igen.

Korgen stannade med ett ryck. Den hängde och gungade en liten stund innan den långsamt började åka neråt igen. Med en lätt duns stötte den in i fjädern. Fjädern trycktes ihop lite men höll korgen långt borta från stolpen.

– Japp, den fungerar.

Kurt log nu med hela ansiktet, han var mycket nöjd med hur testet avlöpt. Nästa gång skulle de köra den med full last. Det var då de skulle ge sig upp i bergen för att försöka dräpa besten.

8 Planeringen

De skulle inte upp till klipphyllan nu på kvällen utan vänta tills i morgon. Jan och Lisa var förvisso vana att jaga på nätterna, troll är mest aktiva då. Drakjägarna var dock inte sugna på nattarbete. Drakar är aktiva när som helst på dygnet. Kommer någon för nära en drakes grotta så kan man ge sig tusan på att den otäckingen är vaken. Det är många som fått sluta sina dagar i magen på en drake bara för att de trott att de skulle kunna smyga sig på den. Det är kanske inte så vanligt nu för tiden men förr var det väldigt vanligt. Till kvällsmaten hade rektorn bestämt att de skulle lägga upp en plan. De kunde lika gärna äta och planera samtidigt menade han. Lisa följde efter Jan när han med raska kliv gick mot lärarnas lokaler. Det här var en del av skolan som hon aldrig varit i tidigare. Hon hade klätt sig i sina civila kläder, vilket kanske inte var så konstigt men hon hade också borstat håret. Tittade man lite närmare så verkade det faktiskt som om hon till och med hade lite smink på sig, det brukade hon aldrig ha.

 Hon hade en konstig pirrande känsla i magen, Tom skulle vara där. Hon tyckte att den bredaxlade ynglingen var trevlig, väldigt trevlig faktiskt. Dessutom var han snygg, helt otroligt snygg. Hennes kinder blossade så fort hennes tankar snuddade vid honom.

Hon fick gåshud på armarna bara genom att tänkte på hans busiga ögon och den ostyriga blonda luggen. Han verkade faktiskt tycka om henne också, eller? Hon var inte helt säker men det var något hon var tvungen att luska ut själv. Det fanns inte på världskartan att hon skulle fråga Jan vad han trodde. Nej, inte en chans. Det här var ett problem hon helt enkelt fick lösa utan Jans hjälp. De kom så småningom in i lärarnas matsal, Lisa blev lite besviken. Den såg nästan exakt likadan ut som elevernas matsal. Den var bara mycket mindre. Samma mörka träpaneler på väggarna och samma grova möbler. Golvet var ungefär lika nött som i elevernas sal men taket var annorlunda. Den här salen hade inte ett välvt stentak, den hade ett tak som var hugget direkt ur berget. Det tog några sekunder innan hon insåg att de faktiskt var i en grotta.

Vid bordet satt Lo, Lu och rektorn. Kurt och Tom hade ännu inte kommit. Jan mumlade något och pekade på en ledig stol. Hon satte sig och rättade till en envis hårlock som inte riktigt ville vara kvar där den hörde hemma. Jägarna började genast att diskutera morgondagens äventyr men Lisa hörde inte på. Hon satt med ryggen mot dörren och lyssnade spänt efter fotsteg i korridoren. De kunde väl inte ha ett möte utan Kurt? Han måste väl ändå vara en av de viktigaste när det gällde morgondagen. Egentligen struntade Lisa i om Kurt kom eller inte. Det var bara det att dit Kurt gick skulle också Tom gå. Det var honom hon hoppades på att få träffa ikväll.

– Hallå, är du vaken?

Lo såg uppfordrande på Lisa. Vad? Vadå? Hade någon sagt något till henne? Hon hade inte hört ett smack.

– Kan du ta det en gång till, sa hon och låtsades som hon inte riktigt förstått frågan.

Lo höjde misstänksamt ena ögonbrynet men upprepade frågan.

– Du klarar väl att klättra på den västra bergsväggen?

Lisa funderade ett ögonblick men var ändå tvungen att fråga.

– Åt vilket håll är det?

Lu, som inte sagt så mycket himlade med ögonen.

– Men hallå, till vänster om grottmynningen, ungefär sextio meter bort. Det är en nästan lodrät vägg men med lite klippkanter här och där.

Lisa försökte komma ihåg hur berget sett ut, hon mindes inte riktigt så i stället för att svara ryckte hon bara på axlarna. Nu var det rektorn som vände sig mot henne med en frågande blick.

– Är du en duktig klättrare?

Hon flackade oförstående med blicken mellan Lu och rektorn. Men jösses vad tjatigt det blev nu då, hon ryckte på axlarna igen men svarade efter viss tvekan, jo hon var rätt så duktig på att klättra. De verkade nöja sig med svaret och lämnade henne ifred. Hennes intresse för samtalet dog genast bort och hon fokuserade återigen på den stängda dörren. När som helst, tänkte hon. De borde komma när som helst. Ingenting hände och hennes mod sjönk. Kanske skulle de ändå inte komma.

Lisa blev på lite bättre humör när maten serverades, blodpudding med lingonsylt, hennes favorit. De pratade lite om allt möjligt under tiden de åt. Lo och Lu, som inte tycktes gilla maten, försökte pumpa Jan på vad han egentligen tyckte om deras gamla lärare? Jan som inte insåg fällan svarade att,

– Jodå, Mary är en trevlig vän som dessutom är en duktig jägare. De båda systrarna fnittrade och härmade ordet "vän" flera gånger samtidigt som de såg konstigt på varandra. När sedan Lu fyllde i med,

– Så hon är duktig va? skrattade de så att de nästan föll omkull samtidigt som de såg menande på Jan. Han blev först förbryllad och när han då svarade,

– Jo, hon är faktiskt riktigt duktig,
verkade det som om de båda systrarna fick någon form av skrattkramp och den här gången föll de faktiskt omkull. Jan blev högröd i ansiktet men förstod fortfarande inte ett dugg av vad de båda tokstollarna menade. Vad i hela fridens namn var det som de två galningarna tyckte var så roligt? Lisa som inte heller förstod tyckte trots det att de systrarna var ganska roliga. Hon log åt Jans

besvär och åt de båda systrarnas hysteriska skratt. Det var i det läget det skramlade till bakom henne, Kurt och Tom hade kommit. Hon drog hastigt den envisa locken ur ansiktet och vände sig om. De kom in genom den kraftiga ekdörren, först Kurt och sedan Tom. Hans varma ögon fann hennes nästan genast. Hon slog ner blicken och vände sig tillbaka mot bordet. Hennes kinder blev plötsligt alldeles varma och hon kände hur hon rodnade. Hon hörde hans mjuka och lugna röst när han viskade fram ett hej när han gick förbi hennes plats.

Hon såg inte upp men svarade med ett blygt hej. Han var så otroligt snygg att hon blev alldeles vimsig. Blont hår som envist stretade åt olika håll trots att det såg nykammat ut. Vackra blå ögon som var underbart varma och vänliga. Med röda kinder sneglade upp mot hans ansikte och möttes av ett bländande leende. Hon slog snabbt ner blicken men färgen på hennes kinder spred sig nu till resten av hennes ansikte. Jan verkade inte lika imponerad och grymtade bara surt när de två kom och satte sig.

– Nå vad har ni talat om? frågade Kurt samtidigt som han slamrade med den tunga stolen.

Lo och Lu såg ett ögonblick på varandra och fnittrade hysteriskt. Innan de hann med något mer så gick rektorn rakt på sak och sa att inget av vikt hade sagts och att det var först nu när alla var

samlade som de kunde börja göra upp en plan. Den plan som de
småningom kom fram till gjorde Jan orolig.

I korthet gick den ut på att Kurt och Tom skulle gå in i drakens lya
nerifrån platån. Där, inte långt från ingången, skulle de ligga i
försåt med sin bärbara lufttryckskanon. För att få draken att
komma tillräckligt nära skulle de båda "experterna" gå lite framför
dem och väsnas. När väl draken uppmärksammat lockbetet skulle
de rusa tillbaka och förbi platsen där kanonen stod. Tanken var att
draken då skulle förfölja systrarna och därmed ge Kurt en chans att
dräpa den. I händelse av att draken inte var i närheten utan högre
upp i grottan var tanken att Lisa skulle klättra upp på bergets sida
och gå in i den ingång som låg mycket högre upp. Lo förklarade
att en indisk isdrake inte trivdes när det blev för varmt i grottan
och då drog sig längre in. Lisa skulle helt enkelt klättra upp och in
i grottan ovanifrån och där slänga in ett antal facklor. Värmen från
dem skulle enligt "experterna" få draken att flytta sig längre ner i
grottan och komma inom hörhåll för dem själva. När Jan då
frågade vad han skulle göra under tiden så fick han först inget svar.
De såg bara förvånat på honom. När en liten stund hade gått
svarade Lu, inte helt utan ironi i rösten,

– Du får det viktiga jobbet att sköta linbanan. Det är inte vem
som helst som klarar det jobbet.

Inte ens Lu klarade att säga det utan att le. Jan förstod snabbt att

han inte var en del av planen, hans lärling var det men inte han.
Innan Jan surade ihop totalt avbröt rektorn mötet genom att
påminna serveringspersonalen om att de skulle avsluta måltiden
med ett litet glas drakbrygd. Drakbrygd är helt enkelt en dryck
som man får om man kokar skalen från ett drakägg riktigt länge.
Det är en vedervärdig smörja som gör att den som dricker den
regelbundet inte åldras särskilt fort. Faktum är att man nästan inte
åldras alls. Jan var född i slutet av 1700-talet men såg ut som om
han var mellan fyrtio och femtio år. Drakbrygd fungerar utmärkt
som åldersbroms men smakar pyton. Jan fick plötsligt bråttom och
började hjälpa till att duka ut.

– Kan jag inte hjälpa till med draken så kan jag i alla fall hjälpa
till med disken, förklarade han till de andras förvåning. Han
rafsade planlöst åt sig lite disk och hastade ut efter personalen. När
han väl var ute i köket tog han ett av de små glasen och tömde
innehållet i vasken. Ur fickan plockade han sedan fram en liten
plunta med whiskey som han fyllde det tomma glaset med. Han
toppade det hela med lite av den ekaska som han alltid hade i en
lite påse i bältet. När han väl rört om i den nya blandningen såg
den ut ungefär som sörjan i de övriga glasen. Han var noga med att
just det glaset ställdes framför Lisa. När väl alla fått en liten slurk
av brygden framför sig lyfte rektorn sitt glas och skålade för en
framgångsrik jakt under morgondagen. De tömde sina glas i ett

drag och grimaserade.

– Tvi, sa Lo och gjorde ytterligare en grimas, det här är en smak
man aldrig vänjer sig vid.

De övriga höll med, inklusive Lisa. Hon hade fått en helt annan
brygd i sitt glas men det hade hon naturligtvis inte en aning om.

Det kan kanske krävas en liten förklaring till vad som just hände
här. Normalt kan det tyckas lite oansvarigt av en far att i smyg ge
sprit till sin sextonåriga dotter. Det var ju på det viset att när Lisa
var fjorton år beordrade chefen för byrån för ovanliga händelser att
hon skulle börja med drakbryggd. Chefen hade insett hur duktig
den lilla flickan var och ville därför att hon skulle börja med
brygden långt tidigare än vad som var normalt. Jan som skulle leva
tillsammans med Lisa under samma tak ett antal år till vägrade
dock att ha en tonåring i huset i fyrtio år. Han fuskade naturligtvis
och hittade på en egen brygd som han gav till Lisa. Den innehöll
förvisso sprit men hellre det än att ha en ombytlig tonåring i huset
hur länge som helst. När hon väl fyllt tjugo år tyckte han att hon
kunde börja dricka den riktiga brygden. I två år hade han lyckats
med sitt lilla trick och med lite tur skulle det fungera några år till.

Det var alltså så den plan som skulle sättas i verket under
morgondagen hade kommit till. Allt verkade solklart men inget

skulle komma att gå som det var tänkt. Lite som det brukade bli när Lo och Lu var inblandade. På morgonen fick Jan hjälpa Lisa att dra på sig sin brynja, innan han tog på sig sin egen rustning. Han skulle inte göra något särskilt viktigt under dagen men tog trots det på sig hela sin utrustning. Det skadade inte att vara förberedd om något oförutsett skulle hända. De var klara lagom tills solen kröp upp över bergskammen. Den klara men kalla bergsluften gjorde att man såg hela vägen ner till staden nere vid bergets fot. Jan sträckte på sig när han gick över gårdsplanen bort mot den nyligen resta linbanan. Solen spelade över gårdsplanen och gnistrade i de små krusningarna på den lilla dammen vid linbanans fot. Det var en hel del utrustning som skulle förflyttas från gårdsplanen upp till klipphyllan. Tom och rektorn hade tagit bilen och åkt i förväg för att sedan klättra upp till klipphyllan. Det tog någon timme innan det sprakade till i komradion som Kurt bar på bröstet. Rektorns röst kom klart men lite metalliskt ur radion.

– Vi är klara här uppe. Meddela när det är lastat och klart.

Kurt svarade omedelbart.

– Klart, dra upp.

I det första lasset åkte förutom en hög med rymddräkter och en lång lans även två ivriga systrar. När den gula korgen långsamt försvann uppåt hörde de som stod kvar på gårdsplanen hur det tjoades och hojtades i den vilt gungande korgen.

– De där två är nog inte riktigt friska i huvudet, muttrade Kurt.

Jan såg länge på honom innan han replikerade,

– Amen, broder.

Han hade, som redan nämnts haft att göra med de båda sorglösa systrarna förut.

– De är banne mig inte kloka någonstans, avslutade han.

När det var tid för lunch lämnade så småningom det sista lasset gårdsplanen. Det var Lisa, Jan, och Kurt tillsammans med sin personliga utrustning som åkte upp i korgen. Den gungade betänkligt när någon av dem rörde sig. Jan var inte helt övertygad om att linbanan var det säkraste sättet att komma upp till klipphyllan. Naturligtvis var det mycket säkrare än att sätta sig i en bil som någon av "experterna" körde men trots det var korgen väldigt ostadig. Han försökte stå så nära mitten som möjligt. Lisa hängde däremot över kanten och såg hur gårdsplanen blev mindre och mindre under dem. Tänk om den här grejen får stå kvar när eleverna kommer tillbaka, tänkte hon. Hur häftig skulle inte barnen tycka att den här åkturen var? När den gula korgen så till slut stannade gjorde den det med ett ryck. Sedan hängde den bara där och gungade fram och tillbaka. Jan såg all den utrustning som åkt upp före dem. Den låg i en stor hög, huller om buller, mitt på platån. Det var naturligtvis systrarna som ansvarat för urlastningen. Rektorn och Tom hade skött vinschen. Kurt stönade högt när han kravlade ur korgen.

– Men för tusan, ska det vara så svårt?

Med en ilsken min klampade han bort till högen för att försöka få
någon ordning på den. Jan log lite för sig själv, kanske var det inte
så dumt att sitta på avbytarbänken den här gången. Han skulle i
alla fall inte hjälpa till med att reda ut den där röran. Med ett nöjt
flin satte han sig i stället vid klippkanten och njöt av den
vidunderliga utsikten. Planering i alla ära, tänkte han, men den
hjälper inte mycket när man har med två tokskallar att göra. I
hemlighet myste han belåtet när han sneglade över axeln mot den
hopplösa röran.

Lisa mötte Toms blick så fort hennes ögon passerade klippans
kant, hon fick en konstig varm känsla inombords när hon
upptäckte att han också såg på henne. Innan korgen ens stannat var
han snabbt framme för att hjälpa henne att komma ur. Hon hade
naturligtvis med enkelhet klarat att komma ur korgen på egen hand
men det kändes väldigt bra när han sträckte fram sin hand. Han var
inte bara fantastiskt snygg, tänkte hon, han är snäll också. Hon
låtsades snubbla när hon satte ner fötterna på klippan och han
fångade henne blixtsnabbt i sina starka armar.

– Åh, tack, mumlade hon när han försiktigt släppte henne. Jag
snubblade visst.

Han log varmt mot henne när han svarade,

– Det är lugnt, jag ser till att du är säker.

Det var Tom som skulle visa Lisa var hon skulle klättra upp och som skulle se till att hon var rätt utrustad. När man klättrar i berg skuttar man inte bara runt hur som helst. Det var meningen att hon skulle bära en klättersele och att hon hela tiden skulle vara fäst i en lina. Det hade tagit Tom två dagar att försiktigt klättra upp till den övre grottmynningen och fästa repet. Det hade varit en av de svåraste klättringar han någonsin gjort och då var han ändå en väldigt erfaren klättrare. Det hade inte varit lätt för honom när de båda "experterna" meddelat att de ville ha en annan klättrare som skulle värma upp den övre delen av tunneln. Han hade räknat med att få det jobbet, bästa klättrare som han räknades som i den här gruppen. Han hade gått och surat ända tills Lisa hade dykt upp. Många flickor hade han träffat under de senaste åren men ingen som ens kom i närheten av henne. Hon hade funnits i hans tankar i går kväll när han skulle sova. Är jag kär i flickan som fick min plats som lärling hos sur-Jan, var tanken som malde i hans huvud. Redan efter första mötet hade han drömt om henne, till och med när han var vaken. Vad är det för fel på mig, hon kommer att försvinna härifrån så fort det här jobbet är gjort. Han försökte släppa tanken, men varje gång han såg henne flammade känslorna upp. Han menade vad han sagt när han hade lovat att han skulle se till att hon var säker. Han var beredd att offra sitt liv för det.

När skymningen närmade sig hade gruppen äntligen fått lite ordning på utrustningen. Rektorn meddelade helt kort att det inte skulle bli någon drakjakt den dagen.

– Vi åker ner till skolan och sover för att återvända i morgon. Jag tillåter ingen jakt under nattetid.

Alla i gruppen blängde surt på de båda "experterna" som helt och hållet på egen hand lyckats orsaka den här förseningen. Det vill säga, alla utom Jan, han satt fortfarande och njöt av utsikten. Det var också hans likgiltighet för den rådande situationen som gjorde att han inte riktigt var uppmärksam när korgen lastades. I den första vändan åkte Kurt, Tom, rektorn, och Lisa. Lo skötte vinschen och körde ner gruppen relativt lugnt. När korgen efter en stund åter kom upp över klippkanten insåg Jan att han skulle vara tvungen att åka ner tillsammans med systrarna. Nåväl, vad skulle kunna hända? Det var ju trots allt bara en behaglig tur nerför linbanan. Riktigt så behagligt skulle det inte bli visade det sig. Lo kravlade upp i korgen och Jan klev i efter henne. När det sedan var lillasyster Lus tur klättrade hon först upp så att hon höll i korgens kant. Med ena foten sparkade hon sedan till på spaken som styrde bromsen så att korgen började åka ner.

– Oj då, mumlade hon innan hon välte sig in i korgen.

Jan vände sig oroligt om,

– Oj då, vad då? frågade han med en plötslig glimt av skräck i blicken.

Hon ryckte på axlarna där hon satt och tryckte i botten på korgen,

– Nej det var inget särskilt, men du ska nog hålla dig i när vi kommer ner.

Hon hade tänkt sparka till spaken så att bromsen släppte lite grann, bara tillräckligt för att de långsamt skulle börja åka neråt. Nu var hon ju ena halvan av ”expertgruppen” så hon hade naturligtvis sparkat till spaken så att bromsen släppt helt och hållet. Nu var det fri fart ner mot skolgården som gällde. Lo smög ganska snart ner i botten av korgen och trängde sig in bredvid sin syster. Jan stod längst fram och försökte förtvivlat komma på ett sätt att stoppa den vilda nerfarten. Hans ögon tårades av vinddraget från den hissnande farten. Det fräste om hjulen uppe vid vajern och vinden tjöt runt öronen på honom. Det var ljudet från den hjulförsedda släden som gav honom en idé. Han drog en av sina långa pilar och försökte desperat få in spetsen mellan hjulet och vajern. Han nådde inte riktigt så i full fart kravlade han därför ut så att han satt på den främre kanten av korgen. Det såg absolut livsfarligt ut. Han tryckte till med pilen och lyckades vika den grova pilspetsen så att den kilade fast mellan vajern och hjulet. Nu var hjulet blockerat och farten började långsamt att avta. Ett högt fräsande samt en kaskad av gnistor visade att hans lösning fungerade. Det var dock på tok för sent och farten var alldeles för hög. Med ett våldsamt brak for korgen in i stoppet längst ner. Den stora fjädern som satt runt vajern gjorde sitt jobb och stoppade dem innan de krossades mot den nedre stolpen. Korgen gungade framåt med en våldsam kraft innan den för en sekund stannade upp och ner. De båda systrarna tömdes sålunda ut på gårdsplanen, de liksom bara trillade ut. Helt oskadade och med förvånade miner damp de ner i gruset. Jan hade däremot inte samma tur, kom ihåg att han hade suttit längst fram med benen på utsidan. När korgen kastades framåt och uppåt så var det som om han suttit i en gigantisk slunga. Han for i en elegant båge först över den grova stolen som höll vajern och sedan vidare över en hel del iskallt vatten. Han kom dock inte hela vägen över dammen. Med ett rejält plask landade han ungefär mitt i. Innan Jan lyckats komma upp till ytan hade redan de båda systrarna rest sig och såg med förvånat uppspärrade ögon mot den våldsamt plaskande Jan.

– Men vad är det för fel på den där killen? frågade Lo uppriktigt förvånat. Ska han bada nu?

Lu tog ett par tveksamma steg mot dammen innan hon ångrade sig och stannade. När Jan, efter vad som verkade vara en evighet, lyckades komma upp till ytan satte hon händerna till munnen och skrek,

– Vad är det för fel på dig Janne, det där vattnet är svinkallt. Du kan väl för tusan inte bada där?

Hon avslutade med ett, korkskalle, innan hon vände om och tog med sig sin syster in mot skolans lokaler.

– Jag tänker banne mig inte bada i den där dammen, förklarade hon för Lo. Den är fylld med smältvatten från bergen och det är jäkligt kallt. Vill vi ta ett bad så gör vi det i polen och inte i den där isvaken.

Lo lade sin arm om sin lillasysters axlar.

– Det gör vi, den där karlen kan ju inte vara riktigt klok.

Arm i arm gick de glatt tjattrande vidare utan att ägna den ilsket frustande Jan några fler tankar.

Det var nog tur för systrarna att vattnet var så kallt som det var. Risken att Jan skulle explodera av ilska avtog ganska raskt när han låg och plaskade runt i det nollgradiga vattnet. I stället för att skälla på systrarna fick han lägga all sin energi på att ta sig upp ur dammen och in i skolan för att få i sig något varmt. Jan var förvisso ingen badkruka men det kalla badet hade gjort att hela han skakade som en tryckluftsborr när Kurt hjälpte honom mot dörren.

– Om de där räknas som experter i Kina, hur är resten av deras drakjägare? frågade Tom rakt ut i luften.

Då ingen var säker på svaret så var det heller ingen som svarade honom. De ville nog helst inte veta.

9 Tunnlar överallt

Tidigt på morgonen, redan innan solens första tveksamma rosa skimmer börjat färga himlen, var Jan uppe. Han var färdig med äventyrliga linbanefärder för tillfället och tänkte klättra upp. Han tog sin egen bil och körde till det ställe där vägen tog slut. Normalt hade han förmodligen meddelat Lisa om vad han hade för sig men nu var han sur. I dubbel bemärkelse faktiskt, hans kläder var fortfarande fuktiga efter det ofrivilliga badet. För övrigt verkade det som om Lisa inte brydde sig om vad han gjorde eller sa längre. Allt var så himla pinsamt nu för tiden. Hade det varit för ett par år sedan hade hon tyckt att allt han gjorde var fantastiskt men nu, nu var han tydligen pinsam vad han än gjorde.

Vid klippväggen hängde fortfarande repen och dinglade i den stilla morgonbrisen. Han tog tag i ett av dem och drog prövande i det innan han hävde sig upp. När han kommit ett par meter släppte han plötsligt och hoppade ner igen. Han hade glömt sin båge. Med bågen på ryggen tog han ett par djupa andetag, blundade en kort stund innan han i halvmörkret åter började klättra. Drakjägare kanske fruktade mörkret men för en trolljägare var mörkret en vän. Han kunde göra nästan vad som helst lika bra på natten som på

dagen. Med en sista kraftansträngning kravlade han upp på platån.
Det var helt tyst, ingen vind och inga fåglar. Avsaknaden av
fågelsång var kanske inte så konstig. Så här högt uppe i bergen
levde nog inte många fåglar. Det blev dock väldigt tyst utan dem.

Han släntrade fram till vinschen och satte sig på klippkanten.
Solen hade börjat klättra på himlen men ännu hade den inte nått
upp över bergen. Jan kunde känna de första varma solstrålarna leka
mot hans nacke. Nere vid skolgården långt under honom skulle det
dröja ytterligare någon timme innan solen syntes. Det var som om
det var en soluppgång bara för honom. En vacker himmel som
skiftade mellan djuprött och ljusaste rosa bara för honom. Det
kändes konstigt, han behövdes inte längre. Lisa klarade sig bra
utan hans hjälp och byrån tyckte tydligen att hon var duktigare än
vad han var. För första gången var de på ett uppdrag där det var
henne de behövde, inte honom. De hade till och med ljugit för
honom för att få Lisa till det här uppdraget. Han kunde dra sig
tillbaka, var det inte det han velat göra ett tag nu? Han funderade
en stund, nej, nog hade han fortfarande några bra år kvar i sig. Han
huttrade till, det var ganska kallt i luften och hans kläder var
fortfarande fuktiga. Långsamt ställde han sig upp och drog sin
långa (och mycket skarpa) klinga. Den såg nästan glödande ut i det
flammande morgonljuset. Reflexerna från den blanka klingan

dansade över bergssidorna när han gjorde sina övningar. När han
efter tjugo minuter i full koncentration avslutat
uppmjukningsövningen blev han förvånad över hur ljust det hade
blivit. Han gick fundersamt tillbaka till klippkanten och såg ner
mot skolgården. Där nere såg det som om det sprang folk lite åt
alla håll. De verkade hur som helst vara vakna. Han suckade djupt
innan han tog sin komradio och anropade Kurt.

– Det här är Jan, jag är vid vinschen och kan köra i gång den när
ni är klara. I några sekunder var det tyst innan det sprakade till i
radion och Kurt svarade med ett lättat skratt.

– Uppfattat, starta nu.

Han startade motorn och lade i växeln, genast började den lilla
gula pricken långt där nere att röra sig. Korgen var på väg upp och
allt han behövde göra var att vänta. Han satte sig ner och pillade
lite med sin klinga. Hans älskade svärd hade varit med honom
ända sedan han var lärling. För länge sedan hade den varit
kraftigare men efter att han slipat den åtskilliga gånger var den nu
något tunnare. När han synade den lilla rombrutan i närheten av
spetsen såg han att den sotade ek-kvisten saknades. Han rotade
runt i fickan och fiskade fram en ny liten kvist. Från den påse han
alltid bar i svärdsbältet tog han fram lite aska och knådade noga in
det på hela kvisten. När han var klar fäste han den i det lilla
utrymmet där det var meningen att den skulle sitta. Han var klar

lagom tills den gula korgen kom vaggande över klippkanten. Lisa fullkomligt flög ut ur korgen.

– Var har du varit? Är du helt knäpp, du kan inte bara försvinna så där, fattar du inte att jag blir rädd?

Hon skrek snyftande åt honom och bankade på hans bepansrade bröst. När hon hamrade som bäst mot hans bröstpansar spelade ett litet leende i hans mungipa, jodå, lite bryr hon sig nog fortfarande. På det hela taget så tyckte Jan att den här dagen börjat ganska bra.

Lisa sträckte på sig och gäspade, hon var fortfarande trött. Med ytterligare en ljudlig gäspning lyfte hon på huvudet och såg på klockan, 04:45. En timme till tänkte hon och vände sig om, bara en timme till. Hon kunde dock inte somna, det var något som inte stämde. Normalt brukade hon höra Jans brummande snarkningar genom väggen men nu var det knäpptyst. Hon klev upp och smög försiktigt fram till dörren. Med en viss oro öppnade hon och tassade bort till hans dörr som stod på glänt. En enda blick in i rummet räckte för att hon skulle förstå. Hans rustning var borta och rummet var tomt. Nej, nej, nej, han tänker ge sig på draken själv, tänkte hon. Hon fick nästan panik, så här gjorde han alltid, gav sig i väg själv då han tyckte att det var för farligt för henne. Fattar han inte att vi inte är några drakjägare. Han är förmodligen världens bästa trolljägare men det hjälper inte här uppe. Det är en

livsfarlig drake som de jagar nu och då hjälper inte hans
omfattande kunskap om trolljakt. Hon sprang tillbaka till sitt rum
och kastade på sig lite kläder. Brynjejackan slängde hon bara över
axeln. Med snabba men ljudlösa steg sprang hon genom
korridoren. Hennes mål var Kurts rum. De båda systrarna kunde
hon vara utan just nu. När hon rundade det sista hörnet sprang hon
rakt in i Toms breda bringa.

– Hallå, utropade han överraskat, vad håller du på med?

Han såg förvånat ner på henne innan han mjuknade i rösten.

– Vad är det som har hänt?

Oron i hennes bleka ansikte lyste tydligt mot honom.

– Jag behöver prata med Kurt, snälla väck honom.

Hon trampade oroligt på stället.

– Snälla, pep hon igen.

Det tog några minuter innan den nästan fyrkantiga mannen kom ut
i korridoren. Redan efter ett par meningar i Lisas något svamliga
förklaring om vad som hänt svor han och skyndade sig tillbaka in i
rummet. Han kom ut med hela sin utrustning i famnen. När hela
den samlade drakjägarstyrkan och Lisa var klara och ute vid
skolans stora bil sprakade det plötsligt till i en radio som låg borta
vid linbanekorgen. Först var det ingen som riktigt trodde på vad de
hörde.

– Det här är Jan, jag är vid vinschen och kan köra i gång den när ni är klara.

Kurt gick leende bort till radion samtidigt som de övriga stirrade upp mot klipphyllan som välvde sig högt över dem.

– Den jäkeln är morgonpigg, skrockade han, det måste man säga, han är morgonpigg.

Under hela vägen upp stod Lisa och trampade, hon var arg, ledsen, rädd, och lättad på samma gång. Fattade han inte att hon blev orolig, hur kunde han inte fatta det? Brydde han sig ens om hur hon kände när han plötsligt bara var borta? Där stod han, lugn och trygg och så där lagom sorgsen som bara han kunde se ut. Utan att tänka skuttade hon likt en blixt ut ur korgen och for på honom. Hon både kramade och slog på honom samtidigt. Det var kanske tur att hon inte såg hans belåtna leende när han försiktigt strök henne över ryggen. Det kändes så tryggt att bara stå så här, för en liten stund var han inte ett dugg pinsam. Han var bara Jan, hennes underbara pappa.

Tom hade visat Lisa var hon skulle klättra upp redan dagen innan. Hon hade noga studerat bergsväggen och tyckte att den inte såg alltför svår ut. Genom att klättra i en båge i stället för rakt upp skulle hon hitta fotfäste hela vägen till grottans öppning. Nerifrån såg man inte öppningen men hon visste att den fanns där. De båda systrarna som skulle in i den nedre delen av grottan hade redan börjat kränga på sig de klumpiga rymddräkterna. Buzz Aldrin hade förvisso skickat dräkter så att det skulle räcka åt hela gruppen men samtliga var i storlek Large. Lo och Lu såg ut som barn som klätt sig i vuxnas kläder när de väl fått på sig de vita dräkterna. Med muntra skratt kom de skumpande över platån.

– Jan, kolla, de passar perfekt.

Lo sken som en sol inne i den gigantiska dräkten. Hon skuttade glatt vidare för att visa de andra. Jan såg efter henne, det såg konstigt ut, benen såg för korta ut och på grund av att ärmarna var alldeles för långa fladdrade handskarna fritt.

– Det såg ut som en knubbig måsunge som försökte flyga, förklarade han för Kurt när det träffades en stund senare. Kurt skrattade och menade att det inte spelade så stor roll.

– De där båda ska bara fånga bestens uppmärksamhet och få den att springa åt vårt håll. Jag tror de löser en så enkel uppgift även om dräkterna är lite för stora.

Jan såg förvånat på honom.

– Lite stora? Jo, nog kan man säga att de är ”lite” stora alltid. De båda männen satt på högen av utrustning och såg dem skumpa vidare bort mot Lisa. De hörde dem skratta när de försvann runt klippkanten.

– De har kanske inte alla hästar i stallet men det är ta mig tusan
omöjligt att inte gilla dem, log Kurt.

Han skakade på huvudet och skrockade innan han med en suck
reste sig för att själv kränga på sig en av de vita dräkterna.

Vid lunchtid var de klara för att börja sin jakt. Den långa lansen
satt i röret till tryckluftskanonen och behållaren var fylld till max.
Tom stod och höll den klumpiga tingesten på sina axlar vid
grottans mynning. Kurt vaggade av och an mellan vapnet och
mynningen. Lu hade fått i uppgift att förse Lisa med en komradio
och se till att hon blev ordentligt fastsatt i en klättersele. Meningen
var att Lisa skulle sitta fäst vid den lina som Tom monterat ett par
dagar tidigare. Lu skumpade runt klippkanten med den stora
hjälmen hoppande fram och tillbaka på huvudet. Visiret var
fortfarande öppet så hon hade inga problem med att prata.

– Hej, vi ska sätta i gång nu, längre hann hon inte innan hon
snubblade på sina fötter och stod på huvudet. Hon muttrade något
ohörbart inne i dräkten innan hon mödosamt kravlade sig upp på
knä.

– Du ska dit upp, sa hon för att sedan vända och skumpande
försvinna runt bergskanten.

Lisa, som redan tidigare bestämt vilken väg upp hon skulle ta, lade
huvudet lite på sned och såg ut en osynlig väg upp längs

klippväggen. Med ett litet skutt satte hon fart och likt en ekorre for hon uppför klippväggen. När Lu efter en liten stund kom skuttande tillbaka runt klippkanten med klättersele och komradio i famnen var Lisa redan mer än etthundrafemtio meter upp på bergsväggen. Lu såg sig först förvånat omkring på den lilla platån.

– Vad tusan, hon var ju här nyss, mumlade hon för sig själv. När hon väl insåg vart Lisa tagit vägen lutade hon huvudet bakåt och stirrade kisande upp längs med bergsväggen.

– Aj aj aj, mumlade hon.

Hon stod så en stund innan hon långsamt sänkte blicken mot sina händer där utrustningen, som borde vara tillsammans med den krympande figuren på bergsväggen, fortfarande var kvar.

– Aj aj aj, mumlade hon igen, nu med en viss oro i rösten. Försiktigt som om selen och radion plötsligt skulle kunna explodera släppte hon dem bakom ett par stenar. Lika försiktigt backade hon ett par steg innan hon vände och raskt klampade i väg. Hon rundade klippväggen och ryckte med sig sin syster.

– Kom igen, nu går vi. Och om någon frågar så var det inte vi. sa hon innan hon med en smäll stängde visiret.

Det var full aktivitet överallt på den lilla platån. Lisa klättrade högt uppe på klippväggen, de båda systrarna rultade med flaxande ärmar in i tunneln och Kurt och Tom förberedde den klumpiga lufttryckskanonen. Det var bara Jan som inte hade något att göra, han satt borta vid klippkanten och dinglade med benen. De båda systrarna skumpade in i tunneln och försvann snart i mörkret. Det sista Lo gjorde innan hon försvann var att vända sig om och gestikulera med armarna, hon stod där i öppningen och vevade som en liten vit väderkvarn, lite oklart varför. Kurt suckade och släppte handtaget till kanonen. Han vaggade fram till henne och tryckte på en knapp på den dosan som satt mitt på bröstet på hennes dräkt, brzz lät det och efter ett kort skrapande hördes hennes röst.

– …in nu, hallå är det någon som lyssnar eller?

Han svarade med en allt tröttare röst.

– Du hade glömt att starta radion, ja vi hör dig och vi har förstått att ni går in nu. Din syster har faktiskt redan försvunnit.

Lo skuttade runt och stirrade in i mörkret.

– Ojdå, grymtade hon förvånat innan hon tumlade efter sin syster.

– Hon har nog inte förstått att vi måste slå på radion, ropade hon samtidigt som hon med flaxande ärmar rusade in i tunnelns mörker, (ungefär som om hon kommit på det där med radion själv).

Jan skakade sakta på huvudet, han var glad att Lisa skulle vara i den andra änden av tunneln. Hade det varit så att hon skulle varit

tillsammans med de där båda yrskallarna hade han varit betydligt
mer orolig än vad han var nu. Han vred huvudet uppåt och såg
efter Lisa, hon måste vara nära nu. Han bestämde sig för att ropa
på henne i radion men ångrade sig genast. Hon hade nog annat att
tänka på just nu än att prata med sin gamle far. Han var inte helt
nöjd med att hon valt att lämna bågen och kogret nere vid
linbanan. Han tyckte alltid att det var bäst om man var förberedd
på vad som än kunde hända. Hon hade kanske inte varit direkt
spydig när hon sa det men hon hade förklarat lite väl tydligt varför
deras utrustning inte skulle hjälpa mot en drake. Dessutom hade
Lisa sett sin uppgift som enkel. Hon skulle bara tända sina facklor
och kasta in dem i draknästet för att sedan klättra ner igen. Själv
tyckte han att det var dumt att lämna sin utrustning i stället för att
bära den med sig.

 Han återgick till det han höll på med. Med en liten pensel la han
på det sista lagret lack som höll fjädrarna på plats. Spetsen hade
han skruvat fast redan kvällen innan och de grå gåsfjädrarna hade
han bundit fast när han väntat på att de andra skulle vakna. Det var
bara ett sista lager lack och att sätta fast den lilla sotade ek-kvisten
kvar. Han synade pilen, den var perfekt, precis som de båda andra.
Han hade hela sin utrustning på sig, förutom hjälmen. Bågen låg
tryggt i sin väska på ryggen och vid bältet hängde hans koger med
pilarna. På vänster sida av höften hängde hans långa, blanka (och

mycket skarpa) svärd. Han var klar, inte för att det spelade någon

roll. Det var ingen som behövde honom i de här bergen. Lisa

behövdes, men inte han. Han suckade tungt och vände sig om.

Kurt och Tom var klara och hade börjat kånka in det otympliga

drakjägarvapnet i grottan. Det slog honom att Kurt passade lika illa

i dräkten som systrarna. Tom däremot såg riktigt bra ut i sin dräkt.

Hans breda axlar spände kanske lite mot tyget men i övrigt såg det

ut som om den var gjord för honom. Det är egentligen inget fel på

grabben, tänkte han. Pojken verkar ha växt upp till en ansvarfull

yngling under tiden han varit med Kurt. För cirka tio år sedan hade

Tom under några veckor varit lärling hos Jan men han hade ganska

snart sökt sig en ny placering. Jan hade blivit stött då han tog för

givet att det berott på att pojkvaskern inte ville jobba med honom.

Nu visste han att det inte var så. Tom hade pratat en hel del med

Lisa under de här dagarna. Jan hade till en början inte tyckt om

det. Han hade till och med varnat henne för att "den där grabben

kommer att sticka så fort han tröttnat". Du ska inte låta honom

komma för nära, du blir bara besviken, hade han sagt. Lisa hade

sett lätt irriterad ut men sen berättat att Tom inte slutat för att Jan

kunde vara en tjurskalle då och då, utan för att det var drakjägare

han velat bli ända sedan han var liten. Han log för sig själv, han

hade haft en så otrolig tur när han fått Lisa i träning. Vem hade kunnat ana, hans egen dotter, den mest underbara flicka han någonsin stött på och så visade det sig att det var hans egen dotter.

Lisa skuttade mellan ett par istäckta små klipputsprång, hon vinglade till men efter ett ögonblick återfick hon balansen. Hon ville skratta när hon såg sig om över axeln, det där hade kunnat bli en lång flygtur, tänkte hon. Med en sista kraftansträngning hävde hon sig upp och in i grottan. Den var tom och öde, inget odjur verkade lura inne i de mörka skrymslena. Med en grymtning lyfte hon av sig ryggsäcken och öppnade den. Med varsam hand plockade hon upp sina grejor. Hon la ut dem på grottans golv. Tolv vaxade facklor låg där i en hög, hon tog upp och tände den första. Hennes tanke var att bära med sig en fackla som var tänd, dels för att få lite ljus men också för att snabbt kunna tända de andra. Det var svårt att veta hur bråttom det skulle bli när odjuret väl var i närheten.

Hon tassade vidare in i grottan, jaha, och nu då? tänkte hon. Grottan delade sig i tre olika gångar. Vilken skulle hon följa, vilken var det som gick ner till den nedre grottan? Det hade varit bra om hon hade fått med sig en komradio. Hon chansade och tog tunneln i mitten. Med ljudlösa steg fortsatte hon att tassa framåt. Den snirkliga tunneln delade sig återigen efter ett par hundra meter och Lisa stannade. Ingen hade talat om att det skulle se ut så här.

De hade sagt att det bara skulle vara en tunnel mellan den övre öppningen och platån. Här var det gångar åt alla håll. Det verkade som om grottan vridit åt höger, hon bestämde sig för att ta den vänstra för att komma så rakt som möjligt. Försiktigt tassade hon vidare utan att upptäcka att ännu fler tunnelöppningar gapade mörkt bakom henne. Efter bara några hundra meter in i berget anade hon ett problem. Det skulle bli svårt att hitta ut på egen hand. Med fundersam min stannade hon för ett ögonblick upp innan hon med en axelryckning bestämde sig för att fortsätta framåt. Det skulle lösa sig när hon mötte de andra. Med tysta steg smög hon längre in i grottan med den sprakade facklan höjd över huvudet.

Lo klampade på efter sin syster inne i den mörka grottan. Den alldeles för stora rymddräkten hoppade och skuttade runt henne. Hon passerade den plats där de träffade på draken förra gången de var här inne. Trots att det inte var minusgrader var väggarna fortfarande täckta av frost och is där draken blåst sin vidriga köldstråle. Hon fnissade till när hon såg en perfekt avbild av sin syster på väggen. Det var där Lu hade stått när hon träffades. Hon dunsade klumpigt vidare in i tunneln samtidigt som hon försökte nå sin syster på den radio som fanns monterad i dräkten. Det var inget de fixat själva, det var NASA som ville ha radioapparater i sina dräkter. Det enda som man behövde göra var att slå på den.

Naturligtvis hade ingen av systrarna förstått den lilla detaljen.

Plötsligt tvärstannade hon, vad var det här? Grottan delade upp sig

och åt två olika håll. Jaha, åt vilket håll hade Lu försvunnit då?

Hon stod en liten stund och försökte hitta sin systers spår i gruset.

De var nästan omöjligt att se då grottans golv var så gott som helt

slätt. Hon kliade sig förvirrat i huvudet, eller hon hade tänkt klia

sig i huvudet, nu kliade hon istället på den stora glaskupolen till

hjälm som hon hade över huvudet. Det tog dock inte någon lång

stund att lista ut vilken väg Lu tagit. Systern kom nämligen

tumlande i en, för någon som är klädd i en för stor rymddräkt,

imponerande hastighet. När Lu såg sin syster började hon ivrigt

gestikulera och peka med tummen över axeln. Ett ögonblick senare

krockade de med en smäll. Båda två rullade plötsligt runt på

grottans golv. Lu fortsatte envist att veva och peka inåt i grottan,

uppenbarligen var det något hon ville förmedla, vad var dock

oklart. Lo tryckte på knappen på sin systers bröst och startade

radion.

– TROLL! var det enda Lo hörde.

Trots att informationen kunde betraktas som något bristfällig

räckte den mer än väl. Hon förstod att Lu hade sprungit på ett troll

någonstans inne i grottan. Det var förmodligen det hon försökte

förmedla när hon skuttade runt som en vimsig väderkvarn. De kom med visst besvär upp på fötter och började springa i högsta fart mot utgången. Det bleka ljuset från mynningen hade börjat bli starkare när de sprang rakt in i Tom och Kurt. Drakjägaren och hans lärling kom släpande på den stora lufttryckskanonen. Lo, som låg ett par steg före sin syster kom på den fantastiska idén att använda den stora kanonens lans mot trollet. Hon mer eller mindre kastade sig mot vapnet för att försöka rikta in det. Problemet var att hon kastade sig mot den röda knappen som satt på det ena handtaget. WOOOSH lät det när den långa lansen plötsligt flög i väg. Lufttrycket sände den rakt upp i taket, där den bröts i två delar som sedan fortsatte skramlande in i mörkret. Det var trots allt som hände tur att Tom som befann sig precis vid vapnets mynning hade sin hjälm på sig. Hade han inte varit skyddad av den hade han förmodligen blivit döv.

   – Vad in i hela h…

Längre kom inte Kurt innan Lu som för en gångs skull inte var inblandad i de tokigheter som just utspelats utbrast,

   – Troll!

Hon viftade ivrigt med ena armen in mot grottans mörker, hennes alldeles för stora ärm fladdrade fram och tillbaka. Hon bestämde sig tydligen för att det var allt han behövde veta för ögonblicket. Sedan sprang hon vidare mot mynningen och lämnade de båda männen bakom sig. Kurt kastade upp den tomma och nu betydligt lättare kanonen på axeln. Han sneglade in i mörkret någon sekund innan han med sin lediga hand föste Tom framför sig och sprang efter systrarna.

Det var en något förvånad Jan som överraskades vid grottans mynning när de två tokiga systrarna kom farande. Bakom dem kom Tom och Kurt med den tomma kanonen. Jan slog på sin radio men det gav inte mycket. Lo och Lu tjattrade på om att de nästan dött och Kurt skällde av någon anledning oavbrutet på systrarna. Jan förstod ingenting, vad i hela fridens namn var det som stod på. Den enda av de fyra som inte skrek i radion var Tom. Han knäppte i stället upp sin hjälm och öppnade visiret. Med en uppgiven min försökte han förklara vad som hänt men tjattret inne i hans hjälm överröstade honom. Han höll upp ett finger i luft som för att säga "vänta" för att med andra handen trycka av komradion.

– Så, sa han. Nu kan de hålla på och snattra hur mycket de vill. Det finns tydligen ett troll därinne. Någon av tokstollarna sprang visst rakt in i det. Jag vet inte vilken sort det är men det finns där inne, sa han och pekade mot grottan.

Kurt vred av sig hela hjälmen samtidigt som han ilsket svor på sitt modersmål över de båda "experterna" han tvingades jobba med. (Det kanske ska tilläggas att Kurt är från Tyskland och att det av den anledningen var tyska svordomar som för ögonblicket studsade mellan de spanska fjälltopparna).

– Förbaskade klåpare, de avfyrade lansen rakt upp i taket. Vi avbryter, kalla ner Lisa, fortsatte han samtidigt som han blängde på systrarna.

Jan tog upp sin radio och anropade Lisa, inget svar, han försökte igen, fortfarande inget svar. Med orolig min rusade han i väg mot den plats där hon påbörjat sin klättring. Han spanade uppåt och ropade igen.

– Lisa svara om du hör mig, Lisa kom in.

Han slutade anropa henne av ren förvåning, ljudet från hans egen röst kom nerifrån hans fötter. Med en nervös ryckning i ena ögonvrån kikade han in bakom den sten han stödde sin ena fot emot och blev iskall inombords. Där låg Lisas radio tillsammans med hela hennes klätterutrustning. Hon hade aldrig tagit radion med sig när hon klättrade.

– Herre min skapare, mumlade han för sig själv, hon har klättrat på en flera hundra meter hög bergsvägg utan säkerhetslina. När hela den fruktansvärda situationen gick upp för honom lämnade all färg hans ansikte.

Skymningen föll ungefär samtidigt som vidden av katastrofen blev klar för samtliga inblandade. Lisa var kvar i grottorna tillsammans med ett okänt troll och en indisk isdrake. Det var mer än tillräckligt för att göra Jan grå av oro. Dessutom pekade Lo mot grottan och förklarade,

– Det är tunnlar överallt därinne. Vi vet inte vilken som går ihop med den som mynnar ut där uppe. Hon skakade uppgivet på huvudet och viskade åter igen, det är tunnlar överallt.

Det kunde bara betyda en sak, Lisa var fast i en outforskad labyrint tillsammans med ett stort troll och en livsfarlig drake.

10 Tid för hjältar

Det blev en förvirrad överläggning vid grottan mynning. Jan var upprörd över att Lisa fortfarande var kvar inne i grottorna. Kurt var i sin tur upprörd över att någon kunde komma på en så dum idé som att försöka skjuta ett troll med en draklans. De två systrarna försökte samtidigt få de andra att förstå att inget av det som hänt var deras fel. De hade bara haft lite otur. Det blev lite lättare att diskutera när Kurt tröttnade på deras ursäkter och slog igen deras visir. De fortsatte naturligtvis att tjattra som ankor men det hördes inte utanför dräkterna. Kurt envisades med att det var han som skulle gå in igen då det var hans fel att det blivit som det nu blivit. Jan lyssnade tålmodigt på honom men avbröt till slut med ett kort,

– Jag går, ni behöver ladda om den där grejen, han pekade på kanonen. Nu när det dessutom är ett troll inblandat så är det jag är som går.

Med en van rörelse drog han bågen ur ryggväskan och strängade den.

– Jag kommer Lisa, mumlade han med en röst fylld av ångest samtidigt som han började springa mot grottan.

– Vänta, det var Tom som ropade, det är kolmörkt därinne.

Han såg vädjande på Kurt.

– Jag vill följa med, är det okej? Snälla han kommer att behöva hjälp. De där två, han pekade över axeln mot de fortfarande ivrigt flaxande systrarna, kan hjälpa till att ladda och bära in den igen. Även han pekade på den bärbara lufttryckskanonen.

Kurt nickade bistert samtidigt som han greppade lanskanonen och slängde den över axeln. Med en spark i baken på en av systrarna, lite oklart vem då de fortfarande hade dräkterna på sig, fick han fart på dem och började driva dem mot linbanan.

Lisa tassade tyst vidare in i grottans vindlande gångar. Jösses, hela berget verkade vara urgröpt, det gick gångar åt alla håll. Hur i hela friden skulle hon hitta rätt väg ner till platån. Det var något märkligt med de här gångarna, de påminde henne om tunneln som hon sett i Kina. Den tunneln hade grävts av hundratals mongoliska spetstandstroll. Den här såg nästan likadan ut men gick genom ren granit. Spetstandingarna hade varit en svår nöt att knäcka men hur svårt skulle det inte vara att tampas med en drake som kunde gräva sig genom granit? Det var med försiktiga steg hon gick vidare. Hela den här bergstoppen var som en stor labyrint, mer än en gång hade hon fått vända då gången plötsligt tagit slut. Långsamt började hon att inse att hon förmodligen inte kunde hitta ut på egen hand. Med facklan höjd över huvudet stannade hon upp. Framför henne delade sig gången i tre olika, men ändå helt lika gångar.

137

Hmm, vilken väg? Nedåt, hennes väg borde vara nedåt, Hon fortsatte att följa den gång som såg ut att ha den rätta lutningen. Problemet var att en tunnel kunde se bra ut när hon valde den för att sedan plötsligt vika av åt fel håll. Det hon inte förstod var hur en drake kunde göra sådan här långa gångar i berget. Hon kunde inte komma ihåg att hon läst eller hört att de kunde gräva. Vad var det för ett märkligt djur de jagade? WOOSH, ett högt läte som om luften plötsligt gått ur ett stort däck hördes i grottan. Hon stelnade till, ljudet lät avlägset och studsade mellan granitväggarna. Vad var det där? Hon spetsade öronen och lyssnade men inga mer ljud nådde fram till henne. Den första facklan började fladdra och flämta, ur ryggsäcken drog hon fram en ny och tände den. Hon började bli lite orolig, tänk om hon blev fast här inne så länge att facklorna tog slut. Vad skulle hon göra då?

Tom vred på sig hjälmen som tillhörde den rymddräkt han fortfarande bar och greppade en tung väska fylld med facklor. De hade dessutom en handfull brytpinnar som var en typ av lysande stavar. Bröt man dem på mitten och skakade dem så skulle de lysa med ett grönaktigt sken i flera timmar. De var värdelösa som facklor men som vägvisare var de okej. Med jämna mellanrum skulle de slänga en framför sig så att de kunde följa dem när de så småningom skulle ut igen. Det tog dem inte lång tid att komma fram till den plats där den avbrutna lansen låg. Tom som faktiskt

följt med Jan utan att ha ett enda vapen med sig tog upp den

främre delen av den avbrutna lansen. Han vägde den två meter

långa delen i ena handen. Även om själva lansen var av på mitten

så var spetsen fortfarande hel. Han ryckte på axlarna och såg på

Jan genom det uppfällda visiret.

– Bättre än inget, sa han och tog den med sig.

Jan såg efter den unga mannen som smög framför honom. Pojken

saknade pansarskydd och allt han hade att försvara sig med var en

trasig lans. Framför dem i mörkret fanns minst ett troll av okänd

sort samt en indisk isdrake. Säga vad man vill men det fanns mod i

den pojken. Det var svårt att imponera på Jan men nu var han

faktiskt imponerad. Pojken gick oförskräckt in i det okända utan

att för ett ögonblick tveka. Jan var i sanning imponerad.

Tillsammans fortsatte de in i de dödliga bestarnas rike. Jan drevs

vidare av en ångestfylld oro. Vad som drev Tom att fortsätta var

för Jan lite mer osäkert.

När linbanan stannat nere vid skolgården och Kurt kravlat upp ur

dammen, (jadå, det var naturligtvis en av systrarna som skött

nerfarten) satte de genast i gång med att fylla kanonens

tryckluftsbehållare på nytt. Under tiden som kompressorn arbetade

rusade Kurt ner till väktarens lokaler, fortfarande dyngsur

naturligtvis.

– Flickan är fast i berget, ropade han så fort han kom innanför porten, helt i onödan.

Det enorma rummet var tomt. Han sprang fram till den stora glasdörren och stirrade in i avskiljningsgrottan men han såg inte till väktaren någonstans. Han stönade när han insåg vart han skulle bli tvungen att leta härnäst. Smedjan, han var tvungen att leta i smedjan. Den bästa vapensmedjan inom byrån för ovanliga händelser låg faktiskt granne med avskiljningsgrottan. Det låter kanske konstigt men det är egentligen inte bara en smedja, även om den kallas så. Det är byråns rustkammare för hela Europa som ligger i grottorna under de andalusiska bergen. De skarpaste vapnen och de bästa rustningarna i hela byrån tillverkades där. I över fjortonhundra år har rustkammaren försett riddare av trolljägarordern och riddare av drakjägarordern med utrustning. Smederna och rustmästarna var alla så kallade bergsdvärgar. Det var kraftiga och otroligt starka män som jobbade med att tillverka utrustningen. De var småväxta men hade kraftiga armar och nästan larvigt breda axlar. De sågs sällan eller aldrig utanför berget. Faktum var att det fanns de som sa att en smedsdvärg var så van vid mörkret inne i bergrummen att de inte klarade av solljus. Det var förmodligen inte helt sant men klart var att de var väldigt duktiga att se i mörker och hitta i grottor.

När Kurt kom klafsande nerför trappen och in i rustmästarens stora lager sprang han rakt in i väktaren. Den kraftige, storvuxne mannen vände sig förvånat om.

– Vad i hela friden är det här? Frågade han med mullrande röst. Han såg förvånat på Kurt som, i en lite för trång rymddräkt, stapplade tillbaka ett par steg. Det skvalpade fortfarande om honom när han rörde sig.

– Vad är det som händer, vad gör du här nere?
Väktaren såg uppriktigt förvånad ut.

– Flickan är fast i berget, det finns både en isdrake och förmodligen minst ett troll där inne tillsammans med henne. Kurt flämtade, det är tungt att springa i en till hälften vattenfylld rymddräkt. Väktaren såg inte övertygad ut.

– Den flickan är nog den duktigaste elev som någonsin gått på den här skolan. Menar du att hon på något sätt gått vilse i ett tunnelsystem.
Kurt nickade bara, han hade sagt det han behövde säga. Väktaren såg sig om över axeln bort mot de oändliga rader av hyllor som tycktes fylla hela den stora grottan. En gäll busvissling fick en kort bredaxlad man att titta fram mellan hyllorna. Han kom med vaggande gång fram till de två männen.

– Vad vill du V? sa han och såg på den högreste väktaren med ögon som nyfiket plirade ut ur ett enormt skägg.

– Kommer du ihåg flickan jag talade om?

Den kortväxta mannen nickade ogillande.

– Jo, han tänkte efter en kort stund, jo, jag tror att jag vet vem det är. Det är den där ansvarslösa lärlingen norrifrån, hon som planterade hela sin klinga i ett mongoliskt väktartroll. Det svärdet är helt förstört. Man kan tycka att flicksnärtan kunde var lite försiktigare med sina grejor, lade han till helt i onödan.

Väktaren log ett okynnigt leende,

– Jo hon är speciell, nu är hon fast i berget ovanför oss. Det är tydligen en massa tunnlar däruppe, visste du om det? Jag menar, ni brukar känna till varje skrymsle i de här bergen.

Den kortväxte såg förvånat på väktaren.

– Det ska inte finnas mer än en tunnel däruppe, det är ju vi som huggit den så jag om någon borde veta det. Finns det fler däruppe nu menar du?

Väktaren slog ut med handen mot Kurt som kom skvalpande bakom honom,

– Det är vad han säger.

Bergsdvärgens ögon smalnade när han funderade.

– Vi har förmodligen fått röta i berget, det är de värsta troll som finns, tvi för bergsröta.

För en man som levt hela sitt liv inne i bergets trygga grottor är förmodligen ett stenbrytande troll som förstör berget omkring

142

honom det värsta som finns. Frågade man en trolljägarna skulle
nog nordiskt kärrtroll vara vinnaren i kampen om titeln, värsta
trollet. Nu hade den kortväxta mannen aldrig stött på ett kärrtroll
så det kunde han ju inte veta. Bergsdvärgen var rustmästare och
den som räknades som den bästa när det gällde att tillverka
rustningar för trolljägare. Hans namn var Zionadiux Kustradix,
men då det var mer eller mindre omöjligt för vanligt folk att uttala,
eller, det var omöjligt att uttala för alla, även ovanligt folk, så
kallade han sig bara för Zion. Det gick åtminstone att säga utan att
vricka tungan. Han hade dock bestämt sig för att om han var
tvungen att förkorta sitt namn så skulle han förkorta alla andras.
Det hade gått så långt att han bara använde folks första bokstav.
Zion såg med viss förvåning på Kurt innan han stäckte fram
handen.

– Zion.

Kurt skakade hans hand.

– Kurt.

Zion rynkade ogillande pannan och blängde fundersamt på
mannen i rymddräkten,

– Det är för långt, du heter från och med nu K.

Han vände sig till väktaren.

– Är du snäll och vänder på den där, han skvalpar, sa han och
pekade över axeln mot Kurt.

Jag vet inte om ni kommer ihåg det men Kurt hade fortfarande på sig sin rymddräkt. Hjälmen hade han dock lämnat uppe vid grottan. När systrarna fixade resan nedför linbanan hamnade han, precis som Jan före honom, i den svinkalla dammen. Kommer det in vatten i en rymddräkt så rinner det inte ut igen, den är tät. Det är liksom en förutsättning för att en rymddräkt ska fungera. Kurt frustade och fräste ilsket när han fick vatten i näsan. Förmodligen fräste han också för att han plötsligt hängde upp och ner. Väktaren hade nämligen gjort precis som Zion sagt. Han vände Kurt upp och ner och hällde ut vattnet ur dräkten. Lagom till att väktaren ställde ner Kurt kom Zion tillbaka. Han hade en märklig päls på sig. I ena handen hade han en stor, rund sköld och i den andra ett ålderdomligt spjut. Han puffade på de båda männen med skölden,

– V, K, kom vi går.

De småsprang uppför trappan till gårdsplanen. Med den alldeles för stora skölden slamrandes i trappan röt han över oljudet,

– Kom igen grabbar, nu är det tid för hjältar.

Zion stålade av förväntan, han skulle tampas med bergsröta, de värsta trollen av dem alla, åtminstone enligt honom.

Till Kurts stora förvåning hade faktiskt de båda tokstollarna till systrar lyckats ladda kanonen och allt såg riktigt bra ut. De hade fortfarande sina alldeles för stora rymddräkter på sig och ingen av

144

dem hade lyckats öppna visiret. Det blev en behaglig resa i linbanan. Först åkte systrarna och väktaren. Han hade liksom Zion ett spjut i sin hand men saknade i övrigt både rustning och sköld. Han stod tyst och stirrade upp mot platån samtidigt som de båda systrarna pladdrade på inne i sina hjälmar. De hörde varandra men väktaren hörde inte ett knyst, vilket passade honom utmärkt. I nästa vända kom kanonen, Kurt, och Zion. Den pälsklädda, kortvuxna mannen frustade stridslystet när korgen närmade sig platån. Så fort den kom över kanten kastade han sig ut ur korgen och utropade ett ilsket,

– Geronimo!

Med höjd sköld skuttade han runt och stötte ivrigt kring sig med spjutet. Lo och Lu slog ihop händerna av förtjusning, det där var en riktig karl. De tindrade med ögonen åt den pälsklädda krigaren som skuttade runt framför dem. Inte för att han såg det. Systrarna hade sina reflekterande visir nedfällda, dessutom var Zion mer eller mindre halvblind i dagsljus. I mörka tunnlar såg han dock som en uggla.

Han ville ropa, han ville bara ropa så högt han kunde. Det var som en gnagande oro i bröstet, hon var ensam någonstans i de mörka gångarna. Hon var ensam och där fanns både en drake och minst ett troll. Han gick med tysta sviktande steg allt snabbare och allt

djupare in i grottornas mörker. Bakom honom hörde han lätta
hasande steg när Tom följde efter, det är svårt att smyga i en
rymddräkt. Med jämna mellanrum hördes ett knak följt av ett lätt
skramlande när den gröna lysstaven kastades framför honom. Han
behövde inte vända sig om, han visste att de hade ett självlysande
grönt spår att följa när de skulle vända. De skulle inte komma vilse
i de vindlande gångarna. Tom hade fortfarande visiret öppet när
han joggade bakom Jan. Den där gamla surkarten har verkligen bra
kondition, tänkte han. Som lärling åt en drakjägare var han inte
van vid att springa. De satte oftast upp en kanon för att sedan lura
besten att anfalla. Det handlade mest om kortare sprintlopp i
högsta fart. De fick förstås springa i klumpiga dräkter men aldrig i
flera timmar. Han flåsade högljutt när Jan plötsligt stannade. Med
vaksam blick studerade han tunnelns golv noga innan han rätade
på sig.

— Vi håller till höger, viskade han.

Han såg lite förvånad ut när han upptäckte att Tom andades tungt.

— Är dräkten i vägen när du springer? frågade han oroligt.

Han hade inte tänkt på att Tom hade den klumpiga dräkten på sig.
Tom skakade bara på huvudet.

— Nej, den är okej, vi fortsätter framåt. Hon kan inte vara långt

borta nu.

Jan började gilla den unge man som Tom blivit. Det var långt ifrån den gnällige pojk som han en gång i tiden fått till sig som lärling.

Han lutade sig fram och tryckte på ett par knappar på Toms bröst.

Ett lätt väsande hördes plötsligt från dräkten.

– Rent syre, förklarade han, låt det pysa lite så blir du mindre

trött.

När Tom sedan fortsatte att springa upptäckte han att han faktiskt

kände sig piggare. Värken i benen var borta och det blev allt lättare

att följa efter den gamle trolljägaren.

De hade följt det gröna spåret en bra stund innan Zion ledde den

lilla gruppen rakt fram i stället för att följa de grönskimrande

stavarna som försvann åt höger. Väktaren hade en ficklampa i sin

väldiga hand och Kurt höll i en fackla. Han hade ytterligare ett

tiotal i reserv i sin väska. De båda systrarna släpade på den

klumpiga lufttryckskanonen. Kurt hade av säkerhetsskäl knutit en

stor plåt över den röda knappen som avfyrade vapnet. På så vis var

det ingen risk att de skulle råka avfyra kanonen av misstag. Ja, när

Lo och Lu var inblandade så fanns det förstås alltid en risk men

den var åtminstone mindre när plåten satt där den satt.

Zion hade en otrolig förmåga att se i de mörka gångarna. Det

hände till och med att han bad väktaren att lysa sin ficklampa åt ett

annat håll än rakt fram så han inte blev bländad. Gruppen litade blint på honom och följde i princip bara efter. Till skillnad från Jan och Tom måste de hålla ett lågt tempo. En luftryckskanon springer man inte omkring med hur som helst. Den var förutom tung också klumpig att hantera i de trånga gångarna. Det som förvånade Kurt var att gången förvisso hade jämna väggar och golv men att den var väldigt ojämn i höjd. Vissa sträckor svävade taket högt över deras huvuden för att sedan sjunka ner tills de nästan nuddade det. Mer än en gång muttrade väktare då han slog huvudet i grottans tak. På ett ställe där flera gångar möttes öppnade utrymmet upp sig och blev till en större sal. Zion studerade den med en experts tränade ögon.

– Det här är en naturlig grotta, väggarna har inga gnagmärken så den här är inte skapad av bergsrötan.

De andra flockades runt honom för att höra när han viskade. Lo öppnade sitt visir och frågade högljutt varför de stannat. Ur den inre högtalaren i hennes dräkt hörde de alla hur Lu flämtade högljutt. Kurt vände sig mot den vacklande kvinnan och vred på låset till visiret. När han öppnade det drog hon häftigt efter andan.

– Jösses vad svårt det är att andas i de här dräkterna, sa hon när hon väl hämtat sig lite.

Han synade hennes bröstplatta för att se vad hon hade för inställningar på syreflödet och häpnade.

– Men, har du sprungit hela den här tiden utan att ha slagit på luften? Hur i hela fridens namn har du lyckats undvika att kvävas? Han förstod ingenting; vem som helst skulle ha ramlat avsvimmad till marken för länge sedan. Tveksamt skakade han på huvudet och slog på systemet som försörjde dräkten med luft. När Lu väl återfått andan började hon genast att gräla med sin syster, Lu hade ju sagt att det var svårt att andas men då hade Lo bara svarat att hon gnällde. Lo svarade med samma högljudda stämma.

– Det är ju så, du gnäller om allt, skaffa lite kondis.

Snart var systrarna inbegripna i ett häftigt gräl. Kurt tröttnade ganska fort på deras högljudda röster. Med två snabba rörelser stängde han deras visir igen. Nu var det åtminstone ingen risk för att någon av dem skulle kvävas. Naturligtvis fortsatte grälet inne i dräkterna men nu var det ingen annan som behövde höra dem.

Lisa kände att det hade börjat bli kyligare. Inne i berget var det normalt några plusgrader men nu hade det definitivt blivit kallare. Hon var inte riktigt säker på varför men det kändes obehagligt.

– Oh, den här jäkla brynjan, muttrade hon och drog i det vita skinnet.

Det var uppenbart att hon snart skulle behöva en ny. Den här var helt enkelt för liten. Den rackarns brynjan envisades med att fastna på ryggen när hon böjde sig ner. Varje gång var hon tvungen att dra ner den igen. Hon tände sin tredje fackla och smög vidare. I väskan fanns det sju kvar men de gick åt en efter en. Hon funderade på att vända om men var inte säker på vilken väg hon kommit. Det oroade henne inte, hon var duktig på att spåra så hon borde kunna följa sina egna spår tillbaka till ingången. Hur skulle hon egentligen få veta om de lyckats dräpa draken? Det var ingen som sagt till henne hur hon skulle få reda på det. Lu skulle ge henne all utrustning hon behövde och hon hade faktiskt inte gett henne en enda sak. Hade hon glömt att ge henne prylarna? Det skulle i så fall inte förvåna henne, till och med Lisa tyckte att de båda systrarna var lite väl galna ibland. Hon ryckte på axlarna och fortsatte framåt. När hon hade fyra facklor kvar skulle hon vända, fram till dess var det bara att fortsätta.

Den kortväxta mannen försvann in i en av de bortre grottgångarna. De andra stod i en halv ring utanför ingången och spanade mot de svarta gapen i berget. Det fanns något oroväckande i att det var så många gångar. Kurt fick en konstig känsla av att det var som en av de julkalendrarna hans far givit honom som riktigt liten, man visste aldrig vad som dolde sig bakom nästa lucka. Här var det samma sak, man visste inte vilken av de gapande, svarta grottorna som dolde ett monster. Han bet ihop och skakade av sig sina obehagliga tankar. Ett problem som de upptäckt alldeles för sent var att av de fem i gruppen var det bara tre som hade någon form av beväpning.

Han själv stod med lufttryckskanonen, Zion var beväpnad med ett spjut och en sköld, Väktaren hade också ett spjut men saknade sköld. Kurt var dock inte säker på vilken nytta man skulle ha av en sköld. De båda måsungeliknande systrarna hade inga vapen alls, ändå stod de där i halvcirkeln och var beredda att hoppa på vad som än kom ut ur någon av de svarta hålorna. Modiga, tänkte han, man måste ändå säga att de är modiga, och kanske lite tokiga. Han skakade sakta på huvudet med ett litet leende lekande i mungipan, nej, inte "lite tokiga", de är banne mig skvatt galna.

Zion kom klampande tillbaka in i den större salen.

– Inget där, den där gången är tom, viskade han samtidigt som han med skölden skramlande mot tunnelgolvet rusade förbi guppen och försvann in i en annan håla.

Gruppen som varit på helspänn såg lite frågande på varandra. Deras miner avslöjade en lätt förvirring innan de bildade en ny ring utanför den håla där Zion senast försvunnit. Det var svårt att ta det hela på allvar när den lille mannen med en alldeles för stor sköld slamrade fram och tillbaka i grottgångarna. De viskade till varandra när de talade samtidigt som det dundrade och skramlade inne i den svarta grottan. Det var på det hela taget lite oklart vilken nytta det gjorde att de försökte vara tysta när Zion väsnades som om han försökte riva berget. Varje gång han kom ut ur en håla gjorde han det dessutom med ett ilsket utrop och höjd sköld. Hotfullt stötte han framför sig med spjutet trots att gruppen fortfarande stod där på vakt. Lo tindrade med ögonen varje gång den lille mannen kom skuttande ut ur en grotta.

– Vilken man, suckade hon, den där tänker jag ta med mig hem. Lu, som genom dräkten radio kunde höra allt svarade ilsket,

– Jag såg honom först, han är min. Vi är så gott som förlovade faktiskt så du håller dig borta. Hoppas du förstår det?

Lo svarade lika surt,

– Vad då, när lyckades ni nästan förlova er? Du känner ju honom knappt. Inte som jag gör i alla fall.

Det tog inte lång tid innan de båda grälade igen. Något Lu helt glömt bort i sammanhanget var att tala om för Zion att han nästan var förlovad. Hon kunde inte hinna med hur mycket som helst under de nästan två timmar som de känt varandra. Zion fortsatte med sina hotfulla skutt varje gång han lämnade en grotta och fortsatte också på så sätt att göda systrarnas gemensamma beundran. Tillsammans med deras ökande kärlek växte också deras avund mot varandra. Inne i de stängda rymdhjälmarna osade det snart av kinesiska svordomar. Resten av gruppen märkte dock ingenting. Det var bara Kurt som hade en dräkt på sig och han hade för länge sedan stängt av sin radio för att slippa höra systrarnas eviga gnabb.

Jan hade saktat ner en smula, det lönade sig inte att bara rusa på
om de inte visste åt vilket håll de skulle. Han och Tom smög nu
fram i en lugn och samlad takt så att de fick möjlighet att se minsta
spår i det nästan helt släta grottgolvet.

– Vad tror du? Toms röst lät orolig. Kommer hon att klara sig?
Jan som satt på huk och försökte tyda de få spåren i det tunna
dammlagret som täckte golvet skakade bara på huvudet.

– Jag hoppas verkligen det, stöter hon på bergsrötan så borde
hennes träning rädda henne men stöter hon på draken så kan det gå
hur som helst. Varken hon eller jag är tränade för att möta drakar.
Tom frågade inte igen, han hade hört i Jans plågade röst att
mannen verkligen led av att hans lärling försvunnit i den här
labyrinten. Konstigt, tänkte han, den här gubben som var så grinig
när han själv var lärling verkade vara en sjyst lärare. Det var mer
än en jägare som bara ryckt på axlarna och bett om en ny lärling
när hans gamla försvunnit. Han var glad att den gamle var så mån
om sin lilla skyddsling, det betydde att han förmodligen, trots sitt
buttra sätt, var rätt så snäll. De hade kastat sin sista brytpinne och
dess gröna ljus syntes fortfarande bakom dem. De var tvungna att
vända om, de var tvungna att lämna Lisa inne i labyrinten för att
hämta mer utrustning. Ingen av dem sa något när de vände för att
gå tillbaka mot utgången.

11   Precis som Theseus

Rackarns, det var inte den här heller. För femtioelfte gången fick hon vända. Den svaga vinden som blåste genom gångarna hade utplånat de få spår som funnits i dammet på grottans golv. Hon oroade sig för att hon skulle få slut på facklor, hon hade precis tänt sin näst sista. Hur i hela friden skulle hon hitta något alls om det blev kolmörkt? Det här med att springa runt i labyrinter var ingenting hon någonsin hade tränat på. Det fanns förmodligen inte ett enda hassellbackstroll där hemma som skulle kunna lura henne men här inne var hon helt förvirrad. Hon lyfte sin fackla högt över huvudet när hon kom till en ny förgrening. Åt vilket håll skulle hon gå? En lätt vindpust fick facklans låga att dra sig åt vänster. Ljuset dansade över grottans granitväggar och kastade fladdrande skuggor över golvet.

– Vinden, viskade hon.

Det hade precis slagit henne, vinden måste ju ta sig ut någonstans. Hon såg på sin fackla och bestämde sig. Lågan skulle få visa vägen. Varje gång som hon kom till ett ställe där grottan delade sig var det bara att gå åt det hållet lågan visade. Åh, att hon inte kommit på det tidigare. Hon ökade takten och småsprang med facklan som vägvisare. För första gången någonsin förstod hon uttrycket "hoppets låga". Det var den lågan hon nu följde i sin jakt på en utväg. Facklan flämtade och visade tydliga tecken på att slockna. Hon hade en sista fackla kvar, måtte hon hinna fram till utgången innan även den tog slut.

Väktarens ficklampa visade tecken på att den inte skulle lysa så länge till, skenet blev allt svagare. Det enda som på riktigt lyste upp gångarna omkring dem nu var den fackla som Kurt höll över huvudet. Vad ingen av dem hade en aning om var att samtliga rymddräkter hade inbyggda lampor i hjälmen. Det betydde att både Lo och Lu hade de bästa och dyraste lampor som någonsin tillverkats i sina hjälmar. Dessa förblev dock släckta då de inte visste om att de fanns. De förlitade sig helt på Kurts facklor. När Zion förde dem vidare in i grottsystemet så kom de till slut fram till en stor sal, eller en riktigt stor grotta som såg ut som en sal. Om den tidigare grottan där Zion skuttat runt hade varit stor så var den här gigantisk. Zion studerade väggarna och grymtade,

– Bergsröta, den här har den rackarns bergsrötan grävt ut. Ser ni hur väggarna är släta hela vägen upp i taket. Hade det här varit en normal grotta skulle den varit ojämn.

Morrande försvann han in i den närmaste öppningen. Det sista de andra hörde (ja inte systrarna förstås, de bråkade fortfarande) innan han försvann var hur han ilsket och synnerligen högljutt ropade,

– Kom hit din gamla get, kom och försök att äta upp mig om du törs.

Ingen som hörde hans utrop hade någon som helst erfarenhet av att jaga troll så de tyckte inte att det verkade konstigt. Hade en riktig trolljägare hört honom så hade nog denne blivit mer än lite förvånade av Zions vilda utrop. Det fungerade nämligen väldigt sällan att ropa efter ett troll. I det gulaktiga skenet från facklan stod den lilla gruppen i en tät halvcirkel, Kurt med facklan över huvudet, de båda ilskna systrarna med kanonen och väktaren med ett spjut och en allt svagare ficklampa. Lu, som stod närmast det svarta hålet där hon sett sin hjälte försvinna såg längtansfullt efter honom in i mörkret.

– Han är som precis Theseus.

– Kände du honom eller? kom det vasst från Lo. Du har inte en aning om vem Theseus var. Du har förresten inte en aning om vem Zion är heller. Jag känner honom väl men du vet ingenting!

– Vet jag visst.

– Nähä.

– Joho.

– Nähä.

– Joho.

Ja ja, så där fortsatte de en ganska lång stund.

För den som inte vet vem Theseus var så kan en liten kort förklaring vara på sin plats. För länge sedan hade Kreta och Aten krigat och Kreta hade vunnit. För att Aten skulle veta att de förlorat krävde kungen av Kreta en tribut. I en labyrint på Kreta fanns det ett monster som hette Minotauros. Han var till hälften människa och till hälften tjur. Jag tänker inte gå in på hur han kom till för det är äckligt, men han fanns där i alla fall. Då Aten förlorat kriget krävde Kreta att de vart nionde år skickade sju unga kvinnor och sju unga män för att de skulle offras till Minotauros. När Theseus, som var den Atenske kungens son, fick höra talas om detta åkte han frivilligt med i gruppen av offer. Någonstans långt inne i labyrinten dödade så småningom Theseus Minotaurus. Han utmålades efter det som en stor och osjälvisk hjälte. Ja, bara så att ni vet vad de tokiga systrarna talade om.

Jan följde de gröna lysstavarna mot utgången, hans tankar flackade mellan olika alternativ. Ut och hämta fler facklor och sen in i gångarna igen eller fortsätta sökandet och hoppas på det bästa. Bakom honom hörde han Toms hasande steg mot grottans golv. Den klumpiga rymddräkten verkade besvära grabben mer och mer. De rundade en krök och kom till det stället där fyra gångar möttes. Det var inte svårt att se vilken väg de skulle gå, i tunneln rakt fram lyste en grön stav på golvet. Det som för ett ögonblick förvånade Jan var att han var rätt så säker på att Tom lämnat en stav mitt i utrymmet där tunnlarna möttes. Han höjde sin sista fackla över huvudet.

– Där, han pekade på marken framför sina fötter, skräp också. Tom, kom hit.

Den ungen mannen hasade upp bredvid honom. Jan hade satt sig på huk och visade med handen. Framför honom låg resterna efter en lysstav. Den var krossad som om något tungt trampat på den. Staven var fylld av någon sorts vätska så det var en tydlig våt fläck runt resterna av staven. Jan svepte med huvudet fram och tillbaka. Hans blick sökte något på det släta grottgolvet.

– Fasen, han pekade längst golvet, den är på väg efter de andra. Ytterligare en våt fläck syntes någon meter från den krossade staven. Sedan ytterligare en, fast mindre och mer otydlig. Det rackarns trollet hade gått förbi bakom dem efter att de passerat den här platsen. Den hade passerat och fortsatt att förfölja den andra gruppen.

– Den verkar vara på jakt. Är det Kurt och systrarna som finns där framme så är det allvarligt. Det här odjuret letar efter sin nästa lunch.

Med en kort blick upp på den flämtande facklan konstaterade han att de inte skulle hinna fram till den andra gruppen innan den

slocknade. De var inte långt från mynningen där det fanns en hel
hög med nya facklor men frågan var om det fanns tid att hämta
dem? Det var Tom som löste problemet, han vände sig hastigt om
och sprang så fort den skrymmande dräkten tillät. Han plockade
raskt åt sig några av de grönskimrande stavarna och återvände till
Jan.

   – Här, håll de här framför dig så ser du åtminstone var du sätter
fötterna.

Jan nickade till tack innan han satte fart. De ökade farten och
sprang vidare in i grottan där spåren försvann i mörkret.

Zion kom åter igen skuttande med ett jämfotahopp ut ur den mörka
håla han senast besökt. Han grymtade precis som vanligt och stötte
hotfullt med spjutet framför sig. De båda systrarna suckade
trånsjukt, vilken fantastisk man han var. Ett oväntat och högljutt
hasande läte hördes nerifrån gången som de ursprungligen kommit
ifrån. Först var det ingen som tänkte särskilt mycket på det. När
lätet blev högre och man tydligt kunde höra snörvlande
grymtningar och klumpiga tramp började gruppen dock oroligt att
se på varandra. Kurt slog för säkerhets skull på radion i sin dräkt.
Det var dags att de båda experterna fick göra skäl för sin lön. De
enda två i den här gruppen som hade någon som helst erfarenhet
av att jaga troll var systrarna. Där grottan var som bredast bildade

gruppen sin försvarslinje. I mitten stod de Lo och Lu med
lufttryckskanonen, till höger om dem stod väktaren med sitt spjut
och till vänster stod Kurt. Zion var så ivrig att han inte kunde
vänta. Med ett rytande for han in i grottans mörker, ivrigt stötande
med sitt spjut och med den för stora skölden slamrande i
tunnelgolvet. Lo rev av plåten över den röda avtryckaren som satt
på kanonens handtag. Hon spanade nervöst in i mörkret efter Zion.
Lu suckade indignerat.

– Du hade inte behövt ta bort den där, sa hon och pekade på den
lilla plåtbiten som nu låg på marken. Min kille kommer att lösa det
här långt innan besten kommer i närheten av oss.
Lo himlade med ögonen inne i sin hjälm.

– Din kille, pfff, Jag kan säga dig att *min kille*, han som sprang in
i mörkret efter trollet, skulle vilja att vi var beredda om han
behövde vår hjälp.
Lu blängde ilsket på sin syster men sa inget mer. Vad hon än
trodde om den mäktige krigsmannen som försvunnit in i mörkret
framför dem så förstod hon att Lo hade rätt. Zion skulle kunna
behöva hennes hjälp. Tänk om han blev skadad och att hon
lyckades rädda honom från att bli uppäten, då skulle han säkert bli
jättekär i henne. Då skulle det inte spela någon roll hur mycket Lo
än kromade sig. Han skulle bli kär i och älska henne och bara
henne. Visst skulle det kunna bli så, eller? Lus tankar flöt i väg

från den överhängande faran, precis som hennes tankar brukade göra när något blev jobbigt.

Zion hade inte hunnit många steg in i mörkret innan han sprang rakt in i det groteskt fula trollet. Det finns många osnygga varelser i moder Gaias värld men när det kommer till ren och skär fulhet så finns det ingen levande varelse som kommer ens i närheten av en kaspisk stenbrytare. De är ena riktigt fula bestar där huvudet sitter nere på bröstkorgen och axlarna är den högsta punkten på hela trollet. De ohyggliga kräken har breda trutar som klarar att knapra sönder ren granit. En trut som utan problem klarar att sluka en människa i en enda tugga.

Den kortväxte smeden slängde upp sin sköld och stötte spjutet i bestens bröst. Han träffade faktiskt ganska bra men det spjut han använde var ett vanligt spjut. Det hade aldrig tillverkats några trolljägarspjut, det fanns svärd och pilspetsar för trolljakt. De hade det gemensamt att det satt en liten sotad ek-kvist monterad i närheten av spetsen. Utan ek-kvisten fungerade de inte. Man kan naturligtvis hugga huvudet av ett troll, det fungerar lika bra som att sticka dem med en sotad ek-kvisten men man hugger inte av något huvud med ett spjut. Att sticka ett troll med något som inte hade den sotade ek-kvisten fungerade däremot inte alls. Då kan man lika gärna blåsa såpbubblor på det. Det enda som händer om man sticker det med en vanlig klinga är att trollet blir ilsket, riktigt ilsket. Den fula besten frustade till och slog ut med sin ena breda labb. Smällen tog mitt i skölden och skickade både den och Zion i en vid båge tillbaka ut i den större grottan. Han landade skramlande framför fötterna på de båda systrarna. Det var en ruskig smäll, skölden räddade dock hans liv och hans tjocka skalle räddade honom från att bli medvetslös. Zion kravlade i små cirklar framför den lilla gruppen tills Kurt lutade sig fram och drog honom till sig. Lu släppte kanonen och kastade sig ner på knä för att se hur det hade gått för hennes hjälte.

– Lilla gubben, åh, lilla gubben hur gick det? pep hon med orolig röst.

Nu hörde inte Zion hennes ord och det var kanske lika bra, "lilla gubben", är förmodligen inte de ord man skulle använda om man vill trösta en bergsdvärg. Lo försökte desperat hålla den tunga kanonen i handtagen men utan hennes systers hjälp så blev den väldigt tung. Ur grottans mörker kom plötsligt en stor grå varelse vaggade. Den nådde hela vägen upp till grottans tak och dess kantiga axlar skrapade i sidorna. Lo försökte hålla kanonen upprätt men de för stora handskarna gjorde jobbet svårt. Hon ryckte i den och försökte få ett nytt grepp, hennes händer famlade över handtagen tills kanonen plötsligt hoppade till med ett våldsamt rytande. Hennes ena hand hade glidit upp över avtryckaren och

den kraftiga lansen for som ett streck rakt ut i mörkret. Nu hade
kanonen plötsligt blivit mycket lättare men det var inget hon tänkte
på. Hennes förvånade blick följde lansen samtidigt som hennes
ögonbryn sköt i höjden. Lansen träffade det fula trollet mitt i
buken och till Los oförställda förvåning drog det genast ihop sig
till en stor boll. Först blev det alldeles tyst, ingen förstod riktigt
vad som hänt. När väktaren försiktigt närmade sig bollen och
petade på den med sitt spjut stod det klar att besten var död. Ett vilt
jubel utbröt i grottan, de hoppade och skuttade med armarna
stäckta över huvudet. Lo hade dräp trollet och räddat dem alla.
Nere på grottans golv föste Zion Lu åt sidan för att se vad som
hade hänt. Trollet hade dött utan att han riktigt förstått hur det gått
till. Han såg Lo stå där med den tomma kanonen. Något tändes i
hans ofokuserade ögon. På vingliga ben ställde han sig upp. Han
såg sig omkring, hans spjut saknades och hans sköld låg i spillror
utmed grottans golv. Med slokande axlar och en förvirrad blick
stirrade han på det stora klotet som tidigare varit ett troll. Plötsligt,
och utan förvarning började den bolliknade klumpen att vagga
fram och tillbaka i gången. Gruppen slöt sig automatiskt kring
väktaren som var den enda som fortfarande hade någon form av
vapen. Det var med viss oro de studerade klumpens vaggande
rörelser. Zion hade genast ryckt upp sig och stod morrande som en
ilsken grävling lite framför de andra. Kanske skulle han ändå få ta

ett nappatag med den förskräckliga bergsrötan. I handen höll han
en flisig bit av det som tidigare varit en sköld. Deras enda riktiga
vapen var väktarens spjut, ett spjut som inte hade den minsta
möjlighet att dräpa ett troll. Resten av gruppen tystnade i väntan på
vad som nu skulle hända.

Det var svårt att förflytta sig i någon högre hastighet när det enda
ljus de hade kom från de gröna stavarna. Naturligtvis var det bättre
än att springa runt i totalt mörker men de rackarns stavarna gav ett
ganska dåligt ljus ifrån sig. Med blicken i golvet fortsatte den
framåt. De släta väggarna böjdes lätt åt vänster så de såg inte långt
framför sig. Tom flåsade högljutt bakom trolljägaren.

  – Där, han pekade över Jans axel, den är där borta, det är trollet.
Bågen var redan strängad så allt Jan behövde göra var att dra en pil
ur sitt koger och knäppa fast nocken i strängen. Trollet försvann
bakom hörnet igen.

  – Skräp, muttrade Jan, den är snabb. Vi kommer inte att hinna
upp den om den fortsätter att hålla den här farten.
Han ville öka takten men visste att Tom då skulle bli ensam bakom
honom. Med sammanbiten min fortsatte han i samma jämna
tempo. Ett brak ekade plötsligt i de trånga gångarna, det lät som
om någon släppt en ladugårdsdörr i marken från hög höjd. Ljudet
av trä som splittrades var inte svårt att känna igen. Trollet hade av

någon anledning stannat upp och Jan spände blixtsnabbt bågen.
Han släppte strängen samtidigt som ett kraftigt swoshande ljud
fyllde hela grottan. Toms blick flackade förvånat mellan bågen och
Jan, hans förvånade ansiktsuttryck återspeglades av ett minst lika
förvånat uttryck i Jans ansikte.

– Vad tusan hade du laddat den där bågen med? frågade Tom
med förvånad röst.

Jan ryckte på axlarna och såg oförstående på bågen. Han höll den
fortfarande med utsträckt arm som om han var lite osäker på vad
som hänt. Han hade skjutit tusentals pilar med bågen men aldrig
förr hade den låtit på det viset. Pilen hade dock tagit bra och trollet
hade omedelbart dragit ihop sig. De hörde dämpade röster och
jubelrop. Det lät som om ljudet kom från andra sidan av trollbollen
som nu låg och blockerade grottan. Tom pekade frågande på
trollkadavret.

– Tror du vi klarar att flytta den så mycket att vi kommer förbi?
Jan, som var sysselsatt med att stänga av sin båge och att lägga
tillbaka den i bågväskan, nickade bara till svar. De skulle på något
sätt kunna flytta den tunga besten.

– Vi får gunga den så att den flyttas in mot bortre väggen. Kom,
sa han, vi provar.

De började med gemensamma krafter att gunga den före detta
kaspiska stenbrytaren och fick den ganska snart i rörelse. Något

tog dock emot varje gång de trodde att den skulle rulla undan.

– Vänta, Jan gick försiktigt runt bollen och fick till sin förvåning se en lansspets sticka ut ur den.

Spetsen och nästan en meter av en lans stack rakt ut ur bollen. Det var den som tog emot varje gång de försökte rulla den. Jan drog sin skarpa klinga och slog av den tjocka draklansen med ett enda hugg. När de sedan försökte rulla undan bollen flyttade den sig med lätthet. De trängde sig förbi och möttes av en märklig syn, i en nästan perfekt plogformation stod hela den andra sökgruppen. Längst fram stod Zion och bakom honom väktaren med spjutet höjt. Jan pekade på väktarens vapen med sitt svärd.

– Vad hade du tänkt göra med den där? Det där är en tandpetare för troll, tillade han.

Väktaren såg lite förvirrad ut när han tveksamt sänkte spjutet. Han pekade osäkert på Zion,

– Han sa att det var ett bra vapen, är det inte det? Det kändes bra i alla fall.

Han hötte lite i luften för att visa vad han menade. Jan skakade sakta på huvudet och suckade.

– Ek-kvisten, det där vapnet har inte någon sotad ek-kvist. De andra i gruppen såg helt förvirrade ut.

– Ek-kvist? Vad för ek-kvist? frågade Kurt med ena ögonbrynet höjt i en förvånad min. Lo dödade ju det där, han pekade på trollbollen, med kanonen och en draklans har ingen ek-kvist.

Det var i precis det ögonblicket som både Jan och Tom förstod varför det låtit så konstigt när Jan skickat i väg sin pil. De tokiga systrarna hade försökt döda ett troll med en draklans. Tom drog efter andan för att protestera och berätta vad som verkligen hänt. Han hejdades av att Jan höjde handen och diskret skakade på huvudet. Jan tog ett djupt andetag och sa med ett tillkämpat leende,

– Jaja, men det var väl jättebra. Bra jobbat allihop, nu är förmodligen trollproblemet löst i alla fall.

Vad han inte visste var att de båda systrarna mycket väl förstått att en lans var värdelös mot troll. Det hade aldrig varit meningen att avlossa den mot trollet över huvud taget. De hade förberett sig ifall det varit den indiska isdraken som kommit krypande i gången. Sedan hade det ju gått som det gått när kanonen avlossats av misstag. Varken Lo eller Lu kunde dock protestera mot sin oväntade hjältestatus. De hade fortfarande sina hjälmvisir stängda och hade inte hört vad Jan sagt.

Sista facklan flämtade och sprakade när Lisa slutligen kom ut nere vid den nedre utgången. Det hade blivit kväll och solen färgade himlen orange och röd på sin väg ner bakom horisonten. Hon andades lättad ut och slängde facklan ifrån sig. Den slocknade med ett fräsande i det tunna snötäcket. Var hade de andra tagit vägen?

Linbanans korg hängde fortfarande och gungade i vinden men inte en enda människa fanns i närheten. Hade de bara lämnat henne inne i berget och åkt ner för att äta kvällsmat? Hon gick bort till den gula korgen och plockade upp sin båge och sitt koger. Kul, tänkte hon surt, jättekul att bara bli lämnad så där. Med en smäll slängde hon sakerna i korgen och hoppade efter.

Hon hade inte en aning om att nästan alla var inne i berget och letade efter henne. Hon hade heller inte en aning om att hennes pappa var sjuk av oro och beredd att fortsätta sitt letande även om det innebar att han skulle få treva sig fram i totalt mörker.

Det tog en god stund innan ett grönaktigt sken visade sig i grottans mynning. Kvällen hade mörknat och det var nästan lika svart ute som inne i bergets vindlande gångar. Hela gruppen kom snubblade ut ur grottan ledda av Zion. De båda systrarna behövde fylla på syret i sina dräkter, de hade gått med stängda hjälmar hela dagen. Kurt var tvungen att hämta en ny lans och fylla på kanonens luftbehållare. Väktaren ville ner till avskiljningsgrottan för att se till sina små skyddslingar. Zion hade fått nog av äventyr för en dag, han ville ner till sin mjuka och varma säng. Kurt ville ha hjälp av Tom med kanonen men Tom såg vädjande på honom.

– Han kommer att gå in igen, det vet du, viskade han. Jag kan inte bara låta honom gå alldeles själv. Snälla låt mig följa med, han kommer att behöva hjälp. Han pekade mot Jan som redan lastat ryggsäcken full med facklor. Kurt såg länge på sin lärling innan han klappade pojken på axeln och svarade med ett litet leende.

– Hon betyder något för dig, eller hur?

I mörkret syntes det inte att Tom rodnade men efter en kort stunds tvekan nickade han till svar.

– Nåväl, följ med trolljägaren då men ta hand om dig.

Han ryckte spjutet ur väktarens händer och gav det till Tom.

– Under halsen, precis där halsen och huvudet möts. Kom ihåg det. Under hakan mitt i den röda fläcken. Håll hjälmen stängd och se upp för svansen. Jag och systrarna kommer tillbaka så fort vi kan.

Kurt tog ett steg fram och omfamnade sin lärling innan han knuffade bort honom. Han såg länge på pojken med både stolt och en något sorgsen blick.

– Du är en bra grabb, bara så att du vet, du är en bra grabb. Håll dig vid liv tills vi kommer tillbaka, okej?

Han vände sig om för att påbörja nerfarten. Med en sur min grymtade han till när han upptäckte något. Han drog i handtaget som startade motorn och började dra upp korgen. Av någon anledning hade den körts ner till skolans gårdsplan.

Lisa hade åkt ner ensam, hon behövde sova och ingen fanns kvar på platån för att göra henne sällskap. Med sammanbitna käkar stod hon och blängde på skolgården som närmade sig. Det spelade ingen roll om hon var ensam. Hon hade ändå inget behov av att prata med någon. De hade lämnat henne kvar uppe på platån utan att tala om hur jakten hade gått. Hon var sur och tvär när korgen stannade nere vid skolans gårdsplan. Rektorn som fortfarande var kvar på sitt kontor hörde linbanan komma och gick ut för att se vem som kom ner. Han såg att det var någon som var klädd i vitt. Det var först när personen öppnade den stora porten som han tyckte sig se vem det var. Hans eget kontor låg på andra sidan av gårdsplanen. Han ropade efter henne.

– Lisa, Hallå Lisa, vad är det som händer?

Hon hörde rektorns fråga men var så upprörd att hon valde att inte svara. Med en smäll drog hon igen den tunga porten efter sig. Rektorn vände sig om med en eftertänksam min; kunde det varit en av systrarna? De är ju också vitklädda. Personen hade hur som helst inte svarat när han ropat Lisas namn så det måste ha varit någon annan. Han gick med en oroad min tillbaka in på sitt kontor. Lisa tänkte inte prata med någon alls i kväll och hon tänkte minsann inte gå till matsalen för att äta. Lät de henne vara kvar inne i berget när de själva åkte ner för att äta och sova så behövde hon inte träffa någon av dem. Hur tänkte de? Hur tänkte Jan, brydde han sig om henne över huvud taget? Först hade han tjatat om hur viktigt det var att hon skulle ta med sig sin båge när hon klättrade uppför berget. När hon då hade förklarat att deras trolljägargrejor inte hjälpte mot en drake så hade han blivit sur. Var det därför han bara struntat i att vänta på henne, eller? Varför hade han först låtsats som om han brydde sig för att sedan bara strunta i henne? Vad var det för fel på honom? Hon torkade ilsket bort en tår som letade sig nerför hennes kind. Inte ens Tom hade brytt sig, hon hade hoppats på att han skulle stå och vänta på henne när hon kom ut. Nu kom hon ju inte ut den planerade vägen men ändå, han kunde väl ha väntat? Ingen brydde sig om henne. Med en snyftning kastade hon sig i sängen och kramade kudden. Hennes rygg skakade av självömkande gråt, ingen brydde sig om hon levde eller inte. Jan hade förvisso inte varit inblandad i jakten men han borde väl åtminstone oroa sig när hon inte kom tillbaka? Han borde blivit orolig, det borde han. Hon borrade ner ansiktet i kudden och lät tårarna flöda.

12 Den försvunnas återkomst

Jan var utom sig av oro, någonstans inne i det mörka berget fanns hans dotter tillsammans med en rackarns isdrake. Hon var för det första inte utbildad för att bråka med en sådan best och hon hade dessutom inte tagit med sig sin båge. Han hade tjatat på henne att hon skulle bära med sig den men hon hade bara slagit bort hans oro. Vid alla gudar, tänkte han, låt det inte vara för sent. Han slog eld på den första av många facklor som skulle komma att brinna denna natt. Han hajade överraskat till när han upptäckte att Tom stod bredvid honom i det gulaktiga skenet. Grabben bara stod där och väntade, med ett spjut i handen och med en beslutsam min i ansiktet.

– Jag kan inte begära, började Jan, det är mitt ansvar, jag menar, du behöver inte följa med.

Tom svarade samtidigt som han började gå.

– Kom, vi förlorar tid, vi söker oss till de gångar som viker av uppåt. En isdrake, eller alla drakar faktiskt vill gärna gömma sig så högt upp som möjligt. Du behöver mig, varken du eller Lisa har någon erfarenhet av vad vi nu kan komma att möta. Kom nu, lade han till.

Jan stod och såg efter pojkens breda ryggtavla som vaggade in i

mörkret. Han fick plötsligt bråttom och började småspringa efter
honom. Pojken hade ännu en gång lyckats överraska och imponera
honom. De båda hade en lång natt framför sig, en lång natt fylld av
oro.

Lisa väcktes tidigt på morgonen, det var spring utanför hennes
rum. Hon sträckte på sig och lyssnade. Skrammel av vad som
verkade vara någon form av vapen eller rustning och främmande
röster. Vad i hela friden var det som hände egentligen? Hennes
ögon var fortfarande lite svullna efter en kväll fylld med tårar och
självömkan. Hon tyckte fortfarande att de hade varit otroligt
taskiga som lämnade henne ensam kvar uppe vid grottorna. Vad
hon inte kunde förstå var hur Jan kunnat gå med på något sådant.
Hon skulle inte prata med honom överhuvudtaget i dag. Han skulle
få se hur illa hon tyckte han hade betedde sig när han lämnade
henne. Nästa tanke som slog henne var att hon faktiskt var
hungrig. Med ett häftigt ryck slängde hon av sig det blårutiga
täcket och satte ner fötter på den mjuka mattan. Hon tog på sig
sina vardagskläder och plockade med sig sina toalettgrejor för att
vandrade bort mot toaletten. Missnöjt suckade hon när hon tittade
sig i spegeln och såg sina svullna ögon. Nattens gråtfest hade
lämnat tydliga spår. Ilsket slog hon på kallvattnet och började
blaska sig i ansiktet. Kylan gjorde hennes tankar klarare och

svullnaden runt ögonen försvann. När hon borstade tänderna skramlade det återigen ute i korridoren. Hon sköljde munnen, stoppade ner sina grejor innan hon öppnade dörren. Utanför stod en märklig liten man, bred som en lagårdsvägg men ovanligt kort i rocken. Han bar en rustning som vagt påminde om Jans men det såg inte ut som om mannen var van att bära den. Han vände sig häftigt om när han upptäckte henne.

– Vad i hela fridens namn gör du här? Hela skolan är ju utrymd, du får inte vara här. Det är farligt att vara i skolan just nu lilla vän, hasplade han ur sig i en enda lång harang.

Hon fattade ingenting av vad den lille mannen sa.

– Vad är det som händer och vem är du? frågade hon utan att kunna dölja sin nyfikenhet.

Hela hon såg ut som ett enda stort frågetecken. Han stäckte på sig så att det skramlade i rustningen.

– Rustmästare Zion, till er tjänst unga fröken. Tyvärr så har jag inte tid att småprata med er då jag behövs till ett viktigt räddningsuppdrag.

Lisas nyfikenhet vann över hennes förvåning. På bara fötter tassade hon ut efter den lille mannen.

– Räddningsuppdrag? Vem är det som behöver räddas?

Han förklarade för henne samtidigt som han skramlande fortsatte nerför korridoren.

– En ung flicka, hon är fast inne i berget tillsammans med en drake. Naturligtvis finns det drakjägare på plats men ingen av dem är skicklig nog. De har uttryckt en önskan om att jag ska infinna mig då det saknas hjältemod i räddningsgruppen. Det är jag, Zion, som står för den biten. Han slog sig för bröstet så att stålplattorna skallrade.

Hon såg på honom, från topp till tå täckt av olika rustningsdelar. Av vad hon kunde se så verkade det vara en blandning av både trolljägarutrustning och drakjägarutrustning.

– Du får ursäkta att jag frågar, sa hon, men kan du röra dig i allt det där?

Hon pekade på hans rustningstäckta kropp. På ryggen hade han dessutom hängt en alldeles för stor sköld.

– Var är dina vapen? Frågade hon samtidigt som hon försökte identifiera de olika rustningsdelarna.

Han slog sig åter igen för bröstet och meddelade henne med bullrande röst att modet i hans bröst var hans främsta vapen men att han också hade ett spjut. Enligt den välrustade lille mannen var spjut det bästa vapnet att använda om man skulle dräpa en drake. Han gjorde en stötande rörelse med ena armen och förstärkte den genom att utropa,

– Smack, mitt i bröstet bara, den faller död ner direkt.

Han strålade av oinskränkt självförtroende.

– Men? Vad är det för spjut? frågade hon med nyfiken min.

– Ett helt vanligt spjut bara, med en riktigt skarp spets. Jag dräpte ett troll igår med ett likadant, lade han till samtidigt som han sträckte på sig. Han tvekade ett ögonblick innan han lade till: Ja, eller nästan. En av de vackra experterna sköt det med en draklans men då var besten redan mer eller mindre död.
Nu såg Lisa mer än lovligt förvirrad ut.

– Vad då, dödade du ett troll igår? Med ett vanligt spjut? Hade den ingen ek-kvist?
Hon öste förvirrade frågor över den lille mannen. Han log mot henne med en överseende min.

– Lilla vän, du har visst några år kvar i skolan. För att döda ett troll krävs i första hand mod. Såså, kila i väg nu och sök skydd. Jag måste skynda mig. Ödet väntar inte på någon.
När han vaggade vidare för att utföra vad det nu var för någon sorts hjältedåd han tänkt sig stannade Lisa och såg efter honom. Vad i hela friden var det som pågick? Var det för att en liten flicka kommit bort uppe i bergen som alla hade lämnat henne igår? Det verkade som om de andra höll på med någon sorts räddningsoperation. Hade de lämnat henne utanför med flit eller räknade de inte med att en trolljägarlärling skulle vara till någon hjälp? Hon fattade verkligen ingenting just nu. Barfota, i slitna jeans och en rosa tröja, gick hon fundersamt tillbaka till sitt rum.

Utanför hörde hon hur linbanan startade. Den var på väg upp och hon var tydligen inte inbjuden för att hjälpa till. Slår vad om att Jan får hjälpa till hur mycket han vill, tänkte hon surt.

Den gungande korgen stannade uppe vid den frusna och snötäckta platån med ett ryck. Kurt lossade den tunga kanonen och hjälpte sedan de båda systrarna att lyfta den ur korgen. De hade alla på sig de vita rymddräkterna men ingen av dem bar hjälm. De otympliga hjälmarna var något av ett problem. Man kunde bara se ut genom dem om man såg rakt fram, vred man på huvudet inne i hjälmen så såg man bara den vadderade insidan. För att se sig omkring var man tvungen att flytta runt hela kroppen. För en astronaut spelade det kanske inte så stor roll men skulle man spana efter en anfallande drake var det definitivt ett problem. Hjälmarna hängde tills vidare i en liten rem på ryggen.

 Det grå gryningsljuset började synas på himlen, först som en tunn linje längs horisonten men sen som ett allt klarare rosafärgat töcken. Lo slog på sin dräkts radio och anropade Jan. Hon väntade en stund innan hon provade igen.
 – Jan, kom, hör du mig? Jan, svara.
Endast ett svagt brus hördes från hennes dräkt. Hon vände sig om och såg frågande på Kurt.

– Han hör mig inte, tror du hans radio fortfarande fungerar?

Han ryckte på axlarna.

– Tror inte att det spelar någon roll. Är de långt inne i berget klarar nog inte radion av att nå dem i alla fall.

Lu stod bredvid vinschens manöverspak och slog tillbaka den med en smäll.

– Inte så, stönade Kurt när han såg den gula korgen försvinna ner mot skolgården i en hissnande fart. Du kan inte bara smälla till den, försökte han förklara. Du ska bara lossa den lite grann. Meningen är att den ska åka ner försiktigt.

Hon såg på honom med tom och helt oförstående blick,

– Varför då? var allt hon sa innan hon skuttade bort till sin syster för att hjälpa till med kanonen.

Det tog en liten stund innan det sprakade till i Los radio.

– Klart här nere, hissa upp oss.

Lu blängde på Kurt när hon skumpade bort till vinschen och med en smäll slog handtaget åt andra hållet. Envist fortsatte hon att stirra på honom som för att se om han hade några synpunkter om hur hon körde upp korgen också. Kurt skakade bara uppgivet på huvudet utan att säga ett knyst. Den gula korgen kom så småningom upp till platån igen. Först tyckte Kurt att det bara såg ut som en hög av blandade rustningsdelar i korgens botten. Plötsligt började dock högen att röra på sig.

– Hjälp till här, brummade en röst inne bland alla rustningsdelar.
Kurt hjälpte den lille rustmästaren att komma ur korgen. Zions
ögon strålade när han mötte hans blick.

– Så där, nu är jag redo för alla sorters odjur. Låt bestarna komma,
utropade han bullrande.

Han hojtade faktiskt så högt att snö och is föll från klippväggarna
omkring dem. En liten bit bort stod två trånande systrar och såg
väldigt imponerade ut.

Hur många timmar hade gått? Jan var helt slut och Tom som trots
att han var väldigt, väldigt mycket yngre verkade minst lika sliten.
Nu var ju Tom förvisso klädd i en rymddräkt som vägde sina
modiga kilon.

   – Inte ett spår, hur är det möjligt?
Tom flämtade när han ställde frågan. Jan lutade sig ut över kanten
och såg ner längs repet som hängde från grottmynningens kant.
Han hade inte hört Toms fråga utan muttrade i stället en egen,

   – Hur i hela fridens namn hade Lisa kunnat klättra uppför den
här tvärbranta väggen utan att ramla ner och slå ihjäl sig?
Han lutade sig lite längre ut för att se efter en möjlig väg men det
vände sig i magen på honom. Det måste vara minst en kilometer
ner till den nedre avsatsen. Hon hade dessutom gjort det utan
livlina, herre du milde. Hans av ansträngning röda kinder bleknade
av ren skräck. Hon måste vara övermänsklig, hans underbara

dotter måste besitta magiska krafter för att ha klarat av detta.

– Vad tror du? hallå? Toms röst nådde till slut genom hans svindlande tankar.

– Vad, vad var frågan?

Han vände sig om och såg på den slitna pojken.

– Hur kommer det sig att vi inte sett ett enda spår?

Jan såg med viss förvirring på honom.

– Jag vet inte, det är bara ett tunt lager damm på golvet och om vinden rör runt det så försvinner kanske spåren. Vi vet ju att hon måste ha startat från den här platsen.

Det sista sa han utan att låta helt övertygad. Hans fackla flämtade till och slocknade när han vände sig om. Den hade varit på väg att slockna ett tag nu och den lilla vind som rörelsen skapade var det som till slut fick den att dö. De sjönk utmattat ner inne i grottan och stirrade ut i det tilltagande dagsljuset.

– Det är faktiskt väldigt vackert. Jag menar himlen är väldigt vacker nu när det gryr.

Toms ord ekade lätt mellan grottans väggar. Jan nickade frånvarande.

– Mm, jo det är vackert. Jan fick något drömskt i blicken när han fortsatte, första gången jag såg Lisa i sin vita rustning så var det en sådan här gryning. Hela hon lyste i himlens rosa och röda färger. Guldringarna i hennes brynja glödde av ljuset så hon såg ut som en skinande prinsessa.

Tom såg på honom med en oroad rynka i panna.

– Tycker du om henne? frågade han viskande. Han gjorde sitt bäst för att hålla sin röst under kontroll.

Jan nickade bestämt utan att se mot honom.

– Jo jag tycker om henne.

Han blev tyst ett ögonblick innan han fortsatte med blicken fäst på en punkt mellan sina fötter.

– Jag älskar henne över allt på jorden om jag ska vara ärlig. Hon är viktigare än själva livet.

Med stigande oro i rösten frågade då Tom,

– Älskar hon dig med?

Han skruvade på sig när han ställde den frågan. Hur korkade frågor kunde man ställa? Jan märkte dock inte pojkens oroliga rörelser. Han svarade med en djup suck,

– Jag tror det, eller jag hoppas att hon gör det. Han tänkte en stund i tystnad innan han fortsatte, jo det gör hon, hon har bara svårt att visa det ibland.

När Tom hörde svaret svalde han hårt och en besviken min drog som en slöja över hans ansikte. Om en jägare och en lärling blev kära i varandra var det svårt för någon annan att fånga deras uppmärksamhet. De båda skulle ju bo och arbeta tillsammans i tjugo år. Han svalde hårt och tystnade. Han hade fått svar på sina frågor och det var inte de svar han hade önskat. Med en sorgsen min tänkte han att det var typisk att när han äntligen träffat någon som han fallit pladask för så var hon redan kär i någon annan, och i en gammal gubbstrutt dessutom. Han kunde inte för sitt liv förstå vad en ung och vacker flicka kunde se i den grånade gamle mannen som satt bredvid honom. Det kändes som om han hade fått en klump i halsen och han ville bara gråta.

Den blanka spetsen blänkte som en fyr i det tidiga morgonljuset när Kurt slängde upp den klumpiga kanonen på axeln. Normalt var det ett tvåmansjobb att bära den otympliga pjäsen. Han valde dock att bära den själv. Alternativet hade varit att be någon av systrarna om hjälp men det ville han helst undvika. Han tyckte nog att det vore bra om han kunde hålla de båda tokstollarna så långt från kanonen som möjligt. De hade en uppvisat otrevlig ovana att fyra av den i tid och otid. Zion var den förste som gick in i grottans mörker, Eller rättare sagt, han vaggade och gungade som ett skepp i full storm när han rörde sig. Det är inte jättelätt att röra sig i dubbla rustningar på ett smidigt och värdigt vis. En stor fördel den lille mannen hade var dock att han kunde se i totalt mörker. Efter Zion kom de båda systrarna ivrigt skuttande. I handen bar de var sin fackla. De svängde de sprakande tingestarna fram och tillbaka över sina huvuden samtidigt som de med jämna mellanrum gjorde små jämfotahopp för att se åt något annat håll. De hade redan sina hjälmar på sig. Kurt hade valt att låta hjälmen vara av. Det hade varit stört omöjligt för honom att bära kanonen om han skulle ha den otympliga saken över huvudet också. Den hängde på hans rygg men det skulle mycket till för att han skulle använda den. Under ett öronbedövande skrammel kom plötsligt Zion vaggande ut ur mörkret. Han pekade bakom sig med spjutet.

– Något har släpat i dammet där borta.

Han visade mot en tunnelgång som sluttade lite uppåt.

Kurt nickade för att visa att han hört,

– Är det spår efter drake eller troll?

– Jag vet inte vad det är som gjort spåren men något har släpats över golvet.

Åter igen pekade Zion in i mörkret med spjutspetsen. Kurt följde den lille mannens pekande rörelse och gick försiktigt upp mot den sluttande tunneln. Till skillnad från Zion hade han svårt att se något alls i det fladdrande, gula ljuset från facklorna. Med deras egna skuggor dansade på väggarna blev det dessutom ännu svårare. Lo kom skumpande mot honom med sin fräsande fackla i högsta hugg. Hon skuttade fram och vred på nacken för att se sin fackla. Hon försökte säga något men Kurt visade bara genom att peka på hennes bröst att hon inte hördes. Hon fumlade en stund med knapparna som satt på dräkten framsida. Plötsligt badade hela tunneln i klart vitt ljus. Efter ytterligare lite fumlande sprakade det till i Kurts radio.

– Det finns lampor i de här dräkterna, annonserade hon glatt. En annonsering som kunde tyckas något överflödig då hennes kraftfulla strålkastare var riktade rakt in i Kurts ansikte. Man skulle nog med säkerhet kunna säga att Kurt redan märkt att dräkten var försedd med belysning. En sak som också var helt säker var att hans mörkerseende ögonblickligen bestämt sig för att försvinna.

När systrarnas oförställda förtjusning över att de kunde lysa upp de mörka gångarna lagt sig något bad Kurt Lo att komma. Han ställde hennes så att hennes lampor lyste över det lätt sluttande tunnelgolvet. I det gråaktiga dammet syntes flera spår. Nu när han kunde se spåren i strålkastarnas ljus var de riktigt tydliga. Kurt läste av golvet med lätthet. Klor, där bort finns det flera märken efter klor och mitt emellan dem fanns ett släpmönster som gick i bågar över golvet.

– Det är draken och den är på väg uppåt.

Viskande som om draken kunde vara bakom nästa krök beskrev han vad spåren visade. Med sin handskförsedda hand pekade han upp i den sluttande gången. Hans röst lät spänd när han fortsatte,

– Vi fortsätter efter den men var försiktiga och gör inga onödiga ljud. En drake känner minsta vibration i berget.

Med en återhållen grymtning lyfte han upp kanonen och började smyga i den tilltagande uppförsbacken. Bakom honom skumpade två väl upplysta systrar i för stora rymddräkter. Sist kom en skramlande hög med rustning som dolde en modig men lätt korkad bergsdvärg.

Lisa blev lite förvånad över att det var så tyst. Det verkade som om alla var ute och letade efter den där flickan. Med en eftertänksam min strosade hon planlöst runt i skolans korridorer. Hennes fötter vandrade tyst fram och fick välja väg själva. Hon sökte sig som av en händelse ner mot den fantastiska avskiljningsgrottan. Hon tänkte se om väktaren också var uppe på berget eller om han fortfarande var bland sina små skyddslingar. Hennes steg trummade lätt mot stegen i spiraltrappan. Den vackra trappan lystes upp av fantastiska kristallkronor hela vägen ner till ingångsgrottan. Den stensatta väggen som gradvis övergick i ren bergsvägg var slät och såg nästan ut som polerad marmor. Vackert, tänkte hon samtidigt som hon lät fingertopparna glida över den blanka stenen. Med ett litet skutt hoppade hon ut i ingångsgrottan. Stolen där väktaren brukade sitta var tom. Hennes panna fårades av en besviken liten rynka. Hon hade verkligen behövt prata med någon, men inte Jan; hon var fortfarande sur på honom. Väktaren var bättre, han var snäll och vänlig. Han visste förmodligen vad som hände i bergen så att prata med honom verkade vara en bra idé. Hon gick långsamt fram till glasdörrarna och satte händerna mot glaset. Det var halvmörkt inne i avskiljningsgrottan så hon fick anstränga sig för att se något alls. Bland de mörka skuggorna såg hon hur väktaren rumsterade runt. Det såg ut som om han höll på att förbereda grottan för dagen. Ömsint såg han till att alla de små knytten hittat någonstans att gömma sig samtidigt som han försiktigt vred upp ljuset. Han log nöjt när han till slut vände sig om och gick tillbaka mot glasdörrarna.

– Vad är det som händer uppe i bergen? Varför är det ingen som frågat mig om jag kan hjälpa till?

Lisas frågor träffade väktaren som ett slag i ansiktet när han öppnade dörrarna. För ett ögonblick ryggade han tillbaka innan han sken upp och utropade,

– Du är här!

Hans glada utrop förvirrade henne. Varför skulle hon inte vara här? Hon hade ju medvetet blivit lämnad utanför vad det nu var som hände. Han tog två snabba steg och lyfte upp henne för att sedan snurra runt så att hennes ben pekade rakt ut.

– De hittade dig, underbart att se dig oskadd.

Hela hans ansikte sken som av äkta glädje. Nu fattade Lisa ingenting, först blev hon lämnad ensam uppe på platån. Nu verkade det plötsligt som om hon var den viktigaste människan i världen.

– Vad är det som pågår? frågade hon med en förvirrad rynka
mellan ögonen.

Han verkade inte lyssna utan log bara mot henne,

– När hittade de dig? Var du tvungen att vänta länge inne i
grottorna?

– Vad pratar du om, och vad är det för en liten flicka som gått vilse
uppe på berget?

Hennes frågor förvirrade väktaren. Han ställde plötsligt ner henne
på golvet och tog ett steg tillbaka. Hans rustning gnisslade lite när
han rörde sig. Det var först nu hon lade märke till att han hade en
rustning på sig. Det hade han inte haft en enda gång under den
tiden som hon hade gått i skolan. Han satte sig försiktigt på stolen,
nästan som om han var rädd att den skulle gå sönder. Med ögonen
fästa på hennes ansikte sa han,

– Menar du att du inte vet? Det är ju dig de letat efter. Jag skulle
själv upp till platån när jag nattat mina små skyddslingar. Din
lärare och den där draklärlingen Tom har varit uppe på berget hela
natten. De har letat som galningar. När hittade de dig?

Han lade huvudet lite på sned och såg frågande på henne.

Lisa som inte förstått ett dyft av vad väktaren sagt såg förmodligen
ännu mer frågande ut. Hon gjorde ändå ett försök att svara på hans
frågor.

– Ingen har hittat mig. När jag kom ut ur grottorna i går kväll var det tomt uppe på platån. Alla hade redan åkt ner till skolan. Jag fick åka ner själv.

Han reste sig så häftigt att stolen slog omkull och med en hand runt hennes ena överarm vände han henne och småsprang mot trappan.

– Nu är det bråttom, vi måste få kontakt över radion innan alla försvunnit för långt in i berget.

Han sprang uppför trappan i en rasande fart. Lisa följde efter, fortfarande med en förvirrad min i ansiktet.

Det sprakade till i Toms dräkt, radion väsnades en stund men det var omöjligt att höra vad som sades då sändningen var uppbruten och bestod till största delen av statiskt brus. De förstod inte ett ord och ganska snart tystnade den igen. Med en djup suck reste sig Jan. Han sträckte på sig och drog handen över ansiktet. Hur i hela friden hade det kunnat gå så här illa? De skulle ju bara hjälpa till med ett troll. Nu var Lisa försvunnen i labyrinten av grottor tillsammans med en jäkla drake. De grå väggarna vindlade genom berget och delade sig åt alla håll. Hon skulle inte kunna se något alls längre, hennes facklor borde vara slut för länge sedan. Han hoppades att hon kom ihåg vad han lärt henne. Orden ekade hånande inom honom, *vet du inte var du är, sitt stilla och vänta på hjälp. Jag kommer att hitta dig.* Nu kändes orden som en lögn. Hur mycket han än hade letat så hade han inte hittat henne.

Förmodligen satt hon någonstans inne i mörkret och väntade på honom, fullkomligt ensam. Hon hade förmodligen litat på hans ord och nu hade han svikit henne. Han rös av obehag och hade svårt att hålla tårarna borta. Tankfullt sträckte han ut handen mot Tom och hjälpte honom att resa sig. Den klumpiga dräkten gjorde det svårt att komma på fötter för egen maskin. Tom såg länge mot den mörka grottans inre innan han försiktigt böjde sig ner och tog upp sitt spjut. Den blanka spetsen reflekterade morgonens rosa ljus. Den klumpiga hjälmen gjorde att det var svårt att höra men, han lyssnade noga, visst var det ett hasande ljud? Han lyfte sin vänstra arm så att den var i en perfekt nittiograders vinkel. Först höll han handen öppen så att han såg ut som om han stoppade någon. Plötsligt och med ett frasande ljud knöt han handen. Jan som inte hade någon som helst utbildning i drakjägarnas handspråk frågade viskande,

– Vad är det? Och vad är det du gör med handen?

Tom vände sig inte om men förklarade, också han viskande,

– Öppen hand betyder vänta, stanna eller var tyst. Knuten hand betyder att vi har en best framför oss. När man visat den knutna handen så skall den följas av en öppen hand som visar i vilken riktning men här är ju det ganska onödigt då den bara kan komma från ett håll.

Det slog honom inte att hela manövern varit ganska onödig då Jan inte hade en aning om vad handrörelserna betydde.

Dörren in till rektorsexpeditionen slog upp med en smäll. Rektorn hoppade till av överraskning i sin gigantiska kontorsstol. Med en ursäktande rörelse viftade han bort röken från sin eleganta pipa. Formellt sett var det rökförbud på skolan men rektorn fuskade.

– Ja, hostade han fram, vad kan jag hjälpa er med?

Samtidigt som han reste sig vidgades hans ögon.

– Lisa, du är återfunnen, härligt!

Han blev avbruten av väktaren.

– Du får ursäkta intrånget men vi behöver åka upp till platån. Det går inte att nå de andra på radion och de behöver veta.

Rektorn vände sig mot väktaren och såg frågande ut,

– Vem behöver veta vad?

Väktaren slog upprört ut med armarna,

– De letar fortfarande. Ingen uppe på berget vet att flickan är i säkerhet.

Rektorns blick pendlade osäkert mellan Lisa och väktaren,

– Menar du att de fortfarande är inne i grottorna utan att veta om att Lisa befinner sig här nere?

Väktaren nickade bara till svar.

Med en hastig rörelse plockade rektorn ner ett skärp som hängde

på väggen bakom honom. När han spände det runt midjan såg Lisa
att det hade ett tunt svärd hängandes vid ena sidan. Hon pekade
mot det och frågade utan att kunna dölja sin förvåning över
vapnets utseende,

– Vad är det där för konstigt svärd?

Rektorn log trots situationens allvar,

– En värja, har du aldrig sett en värja förut?

Han drog sitt smala svärd och visade det. Det hade en tunn, blank
klinga som inte hade något utrymme för en sotad ek-kvist vid
spetsen. Det var inte konstigt att Lisa aldrig sett ett sådant vapen
tidigare, för en trolljägare var det värdelöst. Rektorn verkade dock
väldigt stolt över sin eleganta värja. Han slog i luften med det ett
par gånger som för att visa dess effektivitet. Lisa kände plötsligt
att hon saknade sitt stora trolljägarsvärd. En sådan där leksak hade
hon ingen nytta av. Lisa såg fundersamt på när rektorn stoppade
ner sin "tandpetare" (ett ord som hon tyckte stämde bra på rektorns
vapen) och drog på sig en rustningsrock. Det var i alla fall något
som hon kände igen. Jan hade en precis likadan. Det tog bara
några minuter innan de satt i bilen. Linbanans gula korg hängde
fortfarande uppe vid platån och ingen svarade i radion. De fick ta
bilen för att sedan klättra sista biten.

13 Den vackra men dödliga

Jan var fortfarande inte riktigt säker på vad det var som höll på att
hända men han strängade sin båge och lade en pil mot stocken.
Den Tom som nyss varit lugn och avslappnad hade plötsligt
förvandlats till ett spänt rovdjur. Pojken stod lätt framåtlutad i den
klumpiga dräkten med spjutet riktat in mot tunnelns mörker. Jan
kände igen sig i grabbens förvandling, han blev fortfarande likadan
när det gällde ett troll. Med försiktiga rörelser lade han ner bågen
och rotade fram en ny fackla ur ryggsäcken. Han tände den och
slungade den med full kraft rakt in i mörkret. Med ena handen
plockade han åt sig pilen och bågen för att med den andra dra fram
ytterligare en fackla. Han smög ljudlöst förbi Tom med den otända
facklan framför sig. Försiktigt som om han gick på en tunn
glasskiva smög han fram till den plats där den brinnande facklan
landat. Han sträckte fackla nummer två in i de sprakade lågorna.
Den flammade upp med ett fräsande och lyste snart lika starkt som
den förra. Med ett nytt kast vräkte han även denna in i mörkret på
precis samma sätt som han gjort med den tidigare. Han såg
fortfarande ingenting. Bakom honom kom Tom hasande,
fortfarande hopkrupen och beredd. Med väsande röst viskade han i
den ekande tunneln.

– Stanna här trolljägare, vi har bäst chans i närheten av öppningen.

Vad han inte sa däremot var att deras chanser med bara en pilbåge och ett spjut var mer eller mindre noll. Skulle man dräpa en drake så behövde man en lanskanon. Särskilt om det gällde en isdrake. Toms ansikte hårdnade när han förberedde sig på drakens anfall. Han var förvisso drakjägarlärling men nu saknade han den rätta utrustningen så detta kunde mycket väl bli hans sista strid. Tom hade varit med och dräpt fyra drakar tidigare men då hade Kurt stått bredvid honom. Kurt var den bästa drakdräparen på hela den europeiska kontinenten, det var åtminstone Tom åsikt. Nu när slutet närmade sig insåg han vilken tur han ändå hade haft när han fått chansen att flytta över till drakjägarna. Det hade varit en hemlig plan som gått i lås. Kurt hade dragit i några trådar så att han skulle komma som lärling just till honom. De hade en dolt en stor hemlighet för byrån och den skulle de bevara livet ut. För ett ögonblick fladdrade hans tankar i väg, undrar vad Kurt gjorde nu? Skulle han förstå varför Tom var tvungen att rädda den gamle trolljägaren? Han hade hoppats att få tala om för Lisa hur han kände. Att hon fångat hans hjärta med en enda blick och hans själ med sitt första ord. Nu stod han i begrepp att kasta sig mot en isdrake för att rädda den man som hon själv valt att ge sitt hjärta till. Hon skulle aldrig älska honom men kanske skulle hon åtminstone sända honom en tacksamhetens tanke då och då om han lyckades med sitt uppdrag. Det kändes inte så farligt att dö nu när han visste att hon aldrig skulle kunna känna för honom vad han kände för henne. Jan hade klart och tydligt sagt att han älskade Lisa och att hon älskade honom. Det fanns inga tvivel eller tveksamheter i hans ord. Han var helt enkelt tvungen att se till att Jan överlevde det hela. Lisa skulle inte behöva stå ut med ett krossat hjärta bara för att han inte klarade sitt jobb. Om han lyckades rädda trolljägaren skulle hon åtminstone kunna tänka på honom som en hjälte. Men han ville inte vara hennes hjälte, han ville att hon skulle tycka om honom. Han bet ihop tänderna och släppte alla tankar på Lisa. Fokus, tänkte han, fokus på uppgiften. De drog sig långsamt tillbaka mot öppningen, inne i tunneln fladdrade nu ett gulaktigt sken som fick väggarna att se ut som flytande guld.

Kurt hade placerat en av systrarna vid sin sida när han smög fram i grottan. Inte för att han var särskilt förtjust i hennes sällskap utan för att hon hade lampor i hjälmen. Det vita ljuset gjorde det mycket lättare att se spåren på grottans golv. Det vågformade spåret blev allt lättare att följa när han väl visste hur det såg ut i dammet. De kloförsedda fötterna lämnade bara spår här och där men svansen lämnade ett permanent spår. Han synade ett lite

194

kraftigare spår när hans blod plötsligt frös till is. Bredvid släpspåret såg han plötsligt ett annat spår. Det var spåret efter en känga, en känga med raka linjer tvärs över. Det var samma spår som både han och systrarna lämnade, det var spår efter en känga som tillhörde en rymddräkt. Det fanns bara en till som var klädd i en sådan dräkt här inne. Tom hade gått den här vägen. Han hade gått mot den övre öppningen och draken hade följt efter. Med en plötslig oro reste han sig och rättade till kanonen. Blek i ansikte började han springa i den allt brantare backen. Han släppte alla försiktighetsåtgärder och rusade blint. Den klumpiga kanonen skumpade på hans axel och hjälmen svajade fram och tillbaka som en galen svans på hans rygg. Systrarna skumpade efter i sina allt för stora dräkter. Sist kom Zion vaggande i sin skrymmande klädsel. Han vrålade stridslystet samtidigt som han fäktade med spjutet. Med andan i halsen sprang han så fort han kunde utan att förstå varför. De andra verkade ha bråttom så då var det bäst att hänga på. Ingen visste när en man med bröstet fullt av hjältemod kunde komma till användning.

Lisa stod otåligt på kanten till platån och väntade på de andra. Rektorn höll ganska god fart men för väktaren gick det inget vidare. När Lisa skuttat upp över kanten hade väktaren bara kommit ett par meter. Hon suckade och såg upp i himlen. Åh, var det verkligen så svårt att klättra uppför den här bergsväggen? Det tog ytterligare ett tiotal minuter innan rektorn kravlade upp på platån. Han flämtade och såg med förvåning på henne.

– Hur fasen gör du det där? frågade han samtidigt som han sneglade längs det gungande repet.

Repet rörde sig fram och tillbaka när väktaren mödosamt försökte dra sig uppåt. Rektorn, som inte hade Jans breda axlar och kraftfulla armar hade ingen möjlighet att hjälpa den store mannen som dinglade i andra änden av linan. Han var helt enkelt inte tillräckligt stark för att dra upp honom. Med en orolig min i ansiktet stod mannen bara vid kanten och väntade. Lisa såg på honom med tvivel i blicken. Han hade en likadan rock som Jan men där slutade alla likheter, Jan var stor, stark och trygg. Rektorn var ganska smal över axlarna och hade ett ständigt nervöst uttryck i sitt ansikte. Hans tunna svarta hår låg slickat över huvudet från ena sidan. Nu när det blåste ställde sig håret upp då och då. Det såg ut som locket på en kastrull när man kokade vatten. Med ena handen rättade han till frisyren varje gång vinden bråkade med den. Hon sparkade till en liten sten så att den hoppande for i väg över platåns snöklädda yta.

– Jag går bort till repen, sa hon och pekade bort mot det ställe där hon klättrat upp tidigare.

Rektorn flackade med blicken mellan henne och repet som

fortfarande rörde sig.

– Mm, gör det, vi kommer så fort vi kan.

Utan att vända sig om rusade hon fram till de sedan tidigare fästa repen samtidigt som hon spanade upp mot den övre öppningen. För ett ögonblick funderade hon på om hon skulle skutta upp i förväg. De båda herrarna som hon hade i sällskap skulle behöva hela dagen på sig för att klara av den här klättringen. Om hon struntade i repen och i stället klättrade ut åt vänster så skulle hon nå en utstickande klippa. Den var kanske halvvägs upp till grottan. Från den positionen borde hon se öppningen. Hon såg sig om över axeln, väktaren verkade fortfarande kämpa långt nere på den andra klippväggen. Det skulle ta en evighet innan han var uppe. Hon bestämde sig för att klättra i förväg. Snabbt vände hon uppmärksamheten mot den branta bergsväggen. Hon stod där med huvudet lite på sned, precis som hon brukade. Plötsligt tog hon ett par snabba språng för att sedan likt en bergsget skutta uppför väggen från ett litet utsprång till ett annat. Det tog inte lång tid innan hon var uppe på den utskjutande klippan. Hon vände sig om och skuggade ögonen med handen. Med kisande ögon stirrade hon upp mot grottans öppning. Den avtecknade sig som en svart fläck mot den ljusgrå bergsväggen. Hon såg tydligt de röda repen som dinglade i vinden från grottans kant. För ett ögonblick undrade hon varför de där repen satt där de satt. Hade det varit meningen att hon skulle använt dem när hon klättrade upp förra gången? De hängde ju bara rakt ner, hade de velat att hon skulle använda dem så borde de väl följa den naturliga linjen som berget självt bjöd på. Hon släppte tankarna på repen och fortsatte att spana efter livstecken i grottmynningen.

Något glimmade till i det guldgula ljuset, Jan hade svårt att se vad. Facklorna hade nästan brunnit ut så ljuset fladdrigt och ytterst otillräckligt. Tom stod snett bakom honom, spänd som en fiolsträng. Det så ut som om pojken skulle hoppa framåt i vilken sekund som helst. Jan blev för en liten stund störd av att varje gång grabben såg på honom drog en skugga över det unga ansiktet. Plötsligt var den bara där, stor som en elefant. Jan häpnade, en otrolig varelse uppenbarade sig i facklornas flämtande sken. Den såg guldfärgad ut i skenet från de döende facklorna och ljuset reflekterades i vågor över den blanka kroppen. Huvudet var vitt med gula ögon, dess hals var något kortare än vad Jan hade väntat sig. Draken hade två halvmeterlånga horn som var bakåtriktade, men inga synliga öron. Käften var full av små men spetsiga tänder. För att få plats inne i grottan hade den sina blanka, nästan genomskinliga vingar tätt tryckta intill kroppen. Dess korta ben avslutades med stora fötter som i sin tur avslutades med tre enorma klor. Bara klorna och tänderna skulle vara illa nog, men dess riktiga vapen var utblåset. Allt som kom i vägen för den vackra bestens farliga andedräkt skulle skoningslöst frysas till is. Odjuret stannade vid den första facklan, indiska isdrakar gillar inte värme. Med huvudet vaggande fram och åter stod den där och tvekade. Tom smällde igen sitt visir och gjorde sig redo för det anfall han visste skulle komma. Jan stod som förtrollad med halvöppen mun. Det här måste var den vackraste varelse han någonsin sett. En indisk isdrake var något helt annat än de fula odjur som han normalt jagade. Det går att säga mycket om troll, men inte att de är vackra. Faktum är att de undantagslöst är någonstans mellan "jättefula" och "men urk", på fulhetsskalan. Betagen som han var av djurets skönhet var han därför helt oförberedd på det som sedan kom att hända.

Kurt andades tungt, hans relativt snabba tempo kostade på. Det som gjorde det hela ännu mer irriterande var att den rackarns lansen hakade fast i grottans tak så fort han råkade vinkla kanonen lite för mycket. Gång på gång var han på väg att tappa den otympliga pjäsen. De båda systrarna var precis bakom honom men Zion hade halkat efter. Kurt som fortfarande hade sin hjälm på ryggen kunde höra hur det skramlade inne i mörkret. Den lille mannen kämpade tapper men hamnade allt längre bakom dem. Hade den tokstollen inte klätt sig i så mycket onödigt skräp hade han klarat av att följa med de andras tempo. Framför dem blev spåren allt tydligare. Faktum var att dammet fortfarande virvlade i luften vilket betydde att de nu var nära besten. Han hade aldrig varit i den här delen av labyrinten så han visste inte exakt hur långt det var till öppningen. Hur mycket tid hade de på sig? Han saktade motvilligt in, de var tvungna att veta. Med ett tecken åt de båda systrarna stannade han och väntade in den skramlande Zion. Det såg ut som om det kom en rullande hög med bråte när Zion vacklade in i ljuset. Spjutet stack upp ur den vaggande högen av rustningsdelar och gungade från sida till sida. Mes en smått komisk tvärnit stannade han bredvid Kurt. Morrande sänkte den lille mannen spjutet i tunnelns riktning och gjorde upprepade utfall mot den tomma gången.

  –Var är den där usla draken? röt han. Jag ska spetsa hjärtat på den stinkande besten och grilla det till kvällsmat.

Det klingade fortfarande om rustningen som ännu inte riktigt kommit i ordning efter det plötsliga stoppet. Kurt tänkte först säga att det inte var någon bra idé att försöka sticka en isdrake i hjärtat med ett spjut men tänkte sedan att det inte spelade någon roll. Han tänkte inte låta den tokige rustmästaren komma i närheten av den här besten. Den ende som hade möjlighet att dräpa draken var antingen han själv eller någon av de båda experterna. Systrarna som sprungit hela vägen med stängda visir, andades häftigt.

Faktum var att de hade flåsat så pass mycket att deras hjälmglas immat igen. De stod där bredvid Kurt, rakryggade och redo men vända åt helt fel håll, närmare bestämt rakt in mot grottväggen. De såg för tillfället inte ett något annat än insidan av sina ansiktsglas.

Den första strålen av iskall, flytande luft kom som en total överraskning. Jan stod som förstenad och häpnade över det undersköna djuret när draken plötsligt hulkade sig. I nästa ögonblick sänkte den huvudet och rätade på halsen. En isande kall stråle sköt ut från dess vasstandade gap. Draken hade riktat in sig på Jan och stålen skickades skoningslöst rakt mot hans bröst. Han var inte tränad på att jaga drakar och var därför helt oförberedd på den plötsliga faran.

 Tom synade den farliga besten genom glaset i sitt visir. När som helst nu, tänkte han, när som helt. Som lärling till en drakjägare visste han vilka tecken han skulle hålla utkik efter. När en drake tänkte använda sin farliga andedräkt såg den ut ungefär som en katt som försöker kräkas. Den hulkar ett par gånger, sen sänker den huvudet och öppnar sin vidriga käft. Två gånger hade han sett Kurt bli träffad av ett eldrött utblås, en gång av en europeisk gröndrake och en gång av en amerikansk fireboll.

En fireboll ser ungefär likadan ut som en gröndrake men den lever i Nordamerika och är något mindre och lite mer brunaktig i skinnet. Dessutom är dess utblås väldigt kort så att det ser ut som om den spottade ur sig eldbollar, därav namnet.

Båda gångerna hade Kurt krupit ihop och låtit dräkten ta smällen. När odjuren sedan hämtat andan för att blåsa igen hade han lugnt riktat in kanonen och skjutit. Tom var otroligt stolt över sin lärare. För honom var Kurt en riktig hjälte. Själv hade han ingen kanon, han hade ett enkelt spjut. Han hade aldrig sett någon dräpa en drake med spjut någon gång men han visste att de hade gjort så förr i tiden. För länge sedan hade det varit spjut och kraftiga pilbågar som gällde när riddarna jagade drakar. Det var när besten för andra gången hulkade som han kastade sig fram. I samma ögonblick som den sänkte huvudet slängde sig Tom med utslängda armar framför Jan. Den isande kalla strålen träffade honom mitt i bröstet. Hade den träffat någon som inte var klädd i en rymddräkt hade den personen frusit till is i samma sekund som den flytande stålen sköljde över honom. Tom slungades häftigt bakåt av utblåsets kraft. Dräktens värmesystem hoppade i gång och vräkte ut värme för att kompensera för den plötsliga nedkylningen. Den fungerade perfekt och höll sin bärare vid liv.

Jan häpnade över den otroliga kyla som plötsligt spred sig runt honom. Grottans grå väggar förvandlades till frosttäckta, vita ytor. Det värkte i lungorna när han försökte andas. Jösses vad kallt det blev. Händerna som täcktes av skinn och brynjeringar drog ihop sig och knöts ofrivilligt. Han fick anstränga sig till det yttersta för att öppna dem igen. När den vackra men livsfarliga besten höjde huvudet för att suga i sig ny luft lyfte Jan bågen. Han tog ett stadigt tag om pilens nock och drog. Till hans oförställda förvåning gick bågen av i båda ändarna. Det var som om den varit gjord av sprödaste glas. Jans kropp hade skyddats av Tom och hans dräkt men den stora bågens båda ändar hade stuckit ut och träffat av strålen obeskrivliga kyla. Med en sista förfärad blick på den stympade bågen släppte han den och drog sitt svärd. Något förvirrat undrade han hur i hela friden man skulle komma tillräckligt nära en drake för att kunna dräpa den med ett svärd? Han visste att det hade gjorts för länge, länge sen men det hade varit på den galna riddartiden. Ingen tänkte ens tanken att göra något liknade idag. Tom kravlade klumpigt upp på fötter. Jan flackade med blicken mellan den mörbultade pojken och den blänkande draken. Tom tog ett par vingliga steg innan han tog ett hårdare tag om spjutskaftet och satte fart. Med vapnet riktat mot besten rusade han fram för att komma in under dess haka.

En silverskimrande svans med en pilspetsformad spets viftade ilsket i gången framför dem. Det var ett tydligt tecken på att odjuret var irriterat. Som på en upprörd katt svepte svansen fram och tillbaka. Han pekade för att uppmärksamma experterna om att draken var inom skotthåll, helt i onödan skulle det visa sig. De båda systrarna såg fortfarande ingenting i sina immiga visir. Förvisso hade de sprungit åt rätt håll inne i tunneln men mest på grund av att de sprang i just en tunnel. Det är väldigt svår att komma fel när man springer i något som kan liknas vid ett stort rör. Kurt märkte dock uppmärksammat systrarnas problem. Han stannade och tog ett par djupa andetag innan han lugnt lyfte ner kanonen från axeln. Med en bestämd min lotsade han in Lu till handtagen, ett stort misstag, och gled själv fram till stödet i kanonens främre del. Lu som fortfarande inte såg ett dugg inne i sitt immiga visir riktade kanonen lite på måfå innan hon hejdade sig.

— Jag ser den inte, ropade hon i radion.

Kurt såg hur drakens svans försvann in i gången. Han gjorde tummen mot henne upp utan att ha förstått att han missuppfattat hennes ofullständiga förklaring. Han trodde att hon menade att hon inte såg draken för att den sprungit i väg. Nu var det inte riktigt så, hon såg helt enkelt ingenting annat än sitt immiga visirglas. Han tog ett nytt tag om kanonröret och bar pjäsen framåt. Lu rycktes överraskande med men höll kvar i handtagen och hjälpte till bäst hon kunde. Bakom dem tumlade Lo omkull när hon råkade springa in i tunnelns vägg. Kanonen, Kurt, och Lu fortsatte framåt, Zion stannade kvar och försökte hjälpa den sprattlade Lo upp på fötter igen. Det var inte en helt enkel uppgift för någon som var klädd i dubbla rustningar. Något verkade ha stoppat den upprörda bestens framfart, den tvekade, stannade och väsande. Kurt satte ner den otympliga kanonen ännu en gång och lutade den mot sin axel samtidigt som han röt åt Lu.

– Så fort du får chansen, skjut.

Draken hade fortfarande ryggen åt dem när kanonen avlossades med ett swoshande ljud. Lansen flög rakt mot besten men studsade harmlöst när den träffade odjurets väl bepansrade rygg. Lansen fortsatte upp i taket och bröts innan den skramlande for in i motsatta tunnelväggen. Kurt som fortfarande hade sin hjälm hängandes på ryggen duckade instinktivt av ljudet. Det ringde i öronen och vimsade framför hans ögon när han lyfte huvudet för att se vilken effekt lansen fått.

– Miss, det var en miss. Tusan också, var är Zion?

Han vände sig om med vild desperation i blicken. Bakom dem kom den lille mannen skuttande tillsammans med Lo. Kurts enda hopp låg nu i att komma så nära att han kunde använda Zions spjut. När den välrustade lille mannen var inom räckhåll ryckte han åt sig den lille mannens vapen och rusade efter den pärlemorfärgade besten. Han hörde hur den blåste sitt första flås, luften inne i grottan blev genast mycket kallare. För första gången kom han att tänka på att han inte hade hjälmen på sig. Om draken vände sig om nu skulle han vara en isglass innan han ens förstått vad som hänt. Det var inte riskfritt att vara drakjägare. Han log bistert och morrade för sig själv,

– Att leva är inte heller riskfritt, man kan faktiskt dö.

Med ett stadigt tag om spjutet fortsatte han framåt. De båda systrarna hade stannat och stampade runt i små cirklar. De såg fortfarande ingenting men hade ändå inte en tanke på att öppna sina visir. Det berodde inte på att de var rädda för draken, de hade bara inte tänkt på den lösningen. Zion skramlade högljutt förbi dem och fortsatte efter Kurt. Han hade inga vapen nu när Kurt stulit hans spjut så det var lite oklart vad den lille mannen hade tänkt göra om han av en händelse råkade hinna ifatt odjuret. Det där med att tänka hela vägen var inte riktigt Zions grej.

Tom nådde nästan ända fram, draken lyckades inte träffa honom med sitt nästa blås som fräste tätt över hans hjälm. Den slog i stället ett våldsamt slag med huvudet och stångade honom mitt i bröstet. Kraften i det våldsamma slaget var förödande. En rymddräkt ger ett gott skydd mot kyla men inte mot ett hårt slag. Med ett konstigt buffande ljud kastades han bakåt och hasade längst tunnelgolvet. De kalla utblåsen hade kylt tunneln så is och frost täckte alla ytor. Tom som slagits medvetslös av drakens horn hasade som en trasdocka över grottgolvet. Snabbt och obevekligt gled han mot tunnelns mynning. Jan reagerade instinktivt och tog ett par kraftfulla steg innan han kastade sig efter Toms ben. Han fick tag i pojkens ena vrist och slöt sin väldiga näve men det var för sent, alldeles för sent. Tom gled som en blöt trasa över kanten. Jan drog blixtsnabbt sin dolk och slog ner den i grottans isiga golv. Gnistorna flög åt alla håll när knivens spets skrapade i stenen. Med uppbådande av alla sina krafter lyckades han få stopp på glidturen innan även han följde med ner i bråddjupet. Med ena handen höll han sig fast och i den andra dinglade Tom. Jan låg på mage med huvud och ena axeln över stupets kant. Lyckades han bara få tillräckligt bra fäste med dolken skulle han kunna dra upp pojken igen. Med små rörelser började han försiktigt leta efter en spricka i berget där knivens blad kunde kilas fast. Han hade precis lyckats hitta vad han sökte när allt gick käpprätt åt pipsvängen.

Den pärlemorgnistrande varelsen inne i grottans mörker rusade plötsligt ut mot mynningens ljus. Med ett gällt skri kastade den sig ut i luften. Dess kraftiga vingar slog först en gång och sedan en gång till. Drakens tunga kropp träffade Jan och hade han inte en chans. hans fingrar famlade tafatt efter den lilla skrevan utan att nå den. Han spände sig och kramade krampaktigt pojkens vrist när han slutligen gled över kanten. Tillsammans föll de i en snurrande boll av armar och ben. Jan försökte förstå vad som hände. I den klara bergsluften såg han för ett ögonblick den bedårande utsikten innan hela världen började snurra.

Under drakens pärlemorglittrande buk beskådade Kurt hela den
fruktansvärda katastrofen. Med en känsla av förlamande
maktlöshet såg han hur Tom tumlade över klippkanten. I en
sekund återfick han hoppet när den svartklädde trolljägaren
kastade sig och lyckades få grepp om lärlingens ben. Hoppet
släcktes nästan genast. Den vackra men livsfarliga besten slog ut
sina vingar och lämnade grottan och i den rörelsen drog den
trolljägaren med sig. Det sista han såg av den svartklädde var när
denne rammades av odjuret och tillsammans med Tom kastades av
klipphyllan och försvann ut över stupet. Han tog några förvirrade
steg mot grottmynningen innan han föll ner på knä. Med tårfyllda
ögon stirrade han mot den nu tomma mynningen. Han sträckte ut
en hand framför sig som om han försökte nå något. Handen
famlade tomt då det inte fanns något att nå. Draken var borta och
Tom hade fallit tillsammans med trolljägaren. Han kunde inte
förstå vad som just hänt. Hur han än försökte kunde han helt enkelt
inte förstå. Tom hade varit precis framför honom. De hade bara
varit några meter från varandra. Nu var det bara en tom himmel
som syntes i den runda öppningen. Bakom honom kämpade sig
Zion upp mot grottans ljusa mynning. Han hade varit för långt bort
för att se de fruktansvärda händelserna. Den grymtande lille

mannen fortsatte oförtrutet förbi Kurt och stannade först när han stod med tårna på kanten. Med en något förvirrad min inne bland all rustning såg han ryggen på den silvervingade varelsen när den gled genom luften. Draken flög i en stor cirkel innan den plötsligt dök. Den följde bergsväggen och verkade ha siktat in sig på staden som skymtade långt nedanför berget. Den katastrof som hade hänt här uppe skulle blekna i jämförelse om det livsfarliga djuret nådde ner till staden. Förutom alla stadsbor som nu var dömda till en isande kall död skulle insikten om att det faktiskt fortfarande fanns sådana här varelser skaka hela de tryggas civilisationen i grunden. Zion såg efter den gnistrande varelsen och kände för första gången i sitt liv att han misslyckats. Med bistert rynkade ögonbryn såg han efter den när den svepte över den utskjutande klipphyllan som låg lite längre ner på bergets branta vägg. Han med fötterna på det röda och spända klätterrepet som ledde ner till platån. Med en suck konstaterade han att det inte längre fanns något han kunde göra. En förbryllad min spred sig i hans ansikte när han stirrade mot klipphyllan draken just passerade. Men vad var det där? Stod det inte en människa ute på klipphyllans yttersta spets?

14 Drakryttaren

Lisa förstod först inte vad som plötsligt hade hänt. Den mörka fläck som var grottans mynning såg först tom och fridfull ut. Den såg inte lika fridfull ut ett ögonblick senare när en vitklädd figur plötsligt kom farande ut över kanten. Den vitklädda blev först hängande precis nedanför kanten. En liten stund senare tog allt en ny vändning. Ett gällt skri ekade mellan bergen samtidigt som total kaos utbröt uppe vid grottan. Ur det svarta hålet kastade sig en underbart vacker varelse.

– Isdraken, mumlade Lisa när hon upptäckte det väldiga djuret. Det var första gången hon såg en drake och det tog nästan andan ur henne. Den blänkte som en enorm diamant när den flög i den klara bergsluften. De breda vingarna glittrade som polerat silver och kroppen gnistrade i pärlemor och guld. Hon följde den med blicken när den först steg för att sedan dyka och flyga in mot bergsväggen igen. Den gjorde en lite piruett högt över henne innan den flög i en vid cirkel som förde den tillbaka in mot grottan. För ett ögonblick trodde hon att den skulle krypa in i hålet igen men den passerade bara mynningen och följde bergets kant. Det var när den flög förbi grottan som hon såg det. Nu hängde det inte längre en figur på bergsväggen under grottan utan två. Den ena var klädd vitt och den andra i svart. Det kunde bara finnas en person som var svartklädd så här högt upp på berget. Med fasa insåg hon vem det var.

– Pappa? viskade hon tvivlande.

Besten hade kastat ut hennes pappa ur grottan. Den hade förmodligen skadat honom. Hon såg inte minsta rörelse från de hängande figurerna. Hennes ögon flackade mellan de hängande figurerna och draken. Blicken gick på ett ögonblick från ödmjuk beundran till ljungande vrede. Den vidriga besten hade kastat ut hennes pappa över stupet. Dessutom hade den förmodligen gjort honom illa. Ingen skadade hennes pappa ostraffat. Snabbt drog hon upp bågen ur ryggväskan. Men van hand strängade hon den samtidigt som hennes blick följde det drakens flykt. Det tog bara någon sekund innan första pilen låg mot stocken. Hon siktade noga innan hon släppte. Pilen flög rakt och perfekt. Den träffade draken mitt i bröstet när den glimrande besten för andra gången passerade över hennes klippa. Det klickade när den träffade men sedan föll pilen harmlös mot dalen nedanför. Hon drog en ny pil och siktade igen samtidigt som hon muttrade,

– Under hakan i den röda fläcken.

Med bågen spänd till bristningsgränsen följde hon drakens flykt.

– Röda fläcken, kom igen, visa den röda fläcken.

Hon upprepade orden om och om igen. Draken hade dock ingen

som helst vilja att visa sin röda fläck. Den dök och flög i stället in mot klippan rakt under henne. Den såg ut att vara på väg mot Granada som syntes i fjärran. Staden skulle komma att bli en död och frusen plats om odjuret lyckade ta sig dit. Lisa tog egentligen inget medvetet beslut, hon bara reagerade. Med blicken fäst på den blänkande draken räknade hon till tre. När den var på väg in under klippan släppte hon pilens nock och hoppade. Den pil som hon hade haft på bågen for på en planlös flykt rakt ut i tomma luften. Lisa själv landade med en duns på drakens blanka och mycket hala rygg. En isdrake är ett väldigt smidigt djur trots att den är stor som en elefant. När besten kände hennes tyngd på ryggen började den flyga i ett hissnade spiralmönster. Den utstötte ytterligare ett hest skri och slog bakåt med sitt hornförsedda huvud. Lisa hakade med en blixtsnabb rörelse fast sin pilbåge över drakens bockformade horn. När den flög upp och ner i sina spiralformade mönster hängde bokstavligt talat hennes liv på en tunn tråd. Den tunna bågsträngen var allt som höll henne kvar på odjurets rygg. Det blev en galen och vild ritt högt över dalen. När Zion långt senare försökte beskriva vad han sett brukade han säga,

– Det såg ut som en sådan där amerikansk cowboy som red på en ilsken tjur, fast en väldigt stor, flygande tjur. Jag menar att flickan såg ut som en sådan där cowboy som red på en tjur, fast det var förstås inte en tjur utan en drake, men…

(Någonstans här brukade lyssnaren tröttna.)

Det tog en stund innan Lisa lyckades få någon ordning på saker och ting uppe på den blanka bestens rygg. Den snirklade runt och kastade med huvudet så det var svårt att bara hänga kvar. Hon kastades som en trasdocka från sida till sida när det farliga odjuret krängde i luften. Varje gång hon dunsade in i djurets sida slogs andan ur henne.

– Kom igen, upp igen, kom igen, mumlade hon uppmuntrande till sig själv samtidigt som hon krampaktigt höll sig fast.

Det var när draken hulkade ett par gånger för att sedan sträcka på halsen och blåsa sin isande stråle som hon fick sin chans. Blixtsnabbt lättade hon handens grepp om bågen och hoppade. Fingrarna gled längs stocken tills handleden klämdes fast mellan stock och sträng. Hennes ena hand satt nu fast längst ut vid bågens ena ände. Den andra änden satt fortfarande fast runt odjurets horn. Med sin fria hand drog hon den lilla klingan ur slidan på ryggen och väntade. När hon nästa gång hon slängdes mot bestens kropp såg hon sin chans. Benen spändes som två fjädrar när hon med fötterna först träffade djurets sida. Genast sköt hon ifrån och lyfte huvudet för att se sitt mål. Bågen snurrade runt drakens horn när hon kastade sig in under vingens kant. I full fart svingade hon sig

213

in under drakens hals.

– Röda fläcken, under hakan, mumlade hon återigen sammanbitet.

Med all kraft en sextonårig flicka kan uppbåda körde hon svärdet rakt in i den rubinfärgade fläcken. Hon drev sin klinga så långt in i djurets hals att bara handtaget och parerstången syntes. Det väste och gurglade i odjurets strupe. Draken kastade med huvudet och slog frenetiskt med sina silverfärgade vingar innan det likt en skadad fågel föll mot dalens botten långt, långt nedanför. Under bestens vilda dödsryckningar kastades Lisa upp på ryggen igen. Hon stirrade med en lätt förvånad min ner mot marken. Det var exakt i det här ögonblicket Lisa insåg att det fanns en liten brist i hennes plan. Om hon nu skulle ta livet av besten så hade det nog varit smartare att dräpa den lite närmare marken. Nu var det dock på tok för sent att ångra sig. Likt en glimrande ädelsten föll den indiska isdraken mot marken och det fanns helt enkelt inget annat för henne att göra än att följa med.

Med häpen min följde Zion händelserna i luften utanför grottan. Han hade just bevittnat något som ingen ens hört talas om tidigare. Han hade sett en livs levande drakryttare som kämpat mot och dödat en drake i luften. Den lilla vitklädda figuren som blänkte på nästan samma sätt som draken hade på något sätt tagit sig upp på bestens rygg för att sedan hänga kvar där under drakens vilda flykt. När odjuret sedan försökt blåsa bort figuren så hade den lilla rackaren slängt sig ner under drakens hals och helt enkelt bara dödat den. Han följde drakens sista dödsflykt när den med ena vingen fortfarande utfälld föll mot marken i ett spiralformat mönster. Den snurrade ungefär som ett lönnfrö. Borde man inte bli yr av att sitta på den sådan där? tänkte han förvirrat. Hade han kunnat ställa den frågan till Lisa så hade svaret varit: jodå, det blir man. Man blir jätteyr av att bli snurrad som av en torktumlare i flera minuter.

Kurt märkte ingenting vad som hände utanför grottans mörka gångar, han var som förlamad av sorg. Den viktigaste personen han någonsin känt hade gått förlorad. I sitt innersta kände han att hade förlorat allt han levt för. Den fantastiske ungen mannen som han lärt upp hade offrat sig för att rädda trolljägaren. Tom hade utan att tveka slängt sig mellan draken och jägaren för att med sin egen kropp skydda honom. Förvisso hade trolljägaren sedan försökt rädda Tom men då hade även han kastats ut över avgrunden. Nu var de borta båda två. Kurt tänkte bittert att han kanske lärt ut lite för mycket av ädelt uppoffrande. Hade bara pojken tänkt lite på sig själv hade han fortfarande levt. Han slogs återigen av vad han sett och hans kropp började skaka av tröstlösa snyftningar. Benen vek sig under honom och han blev sittande mitt i den gråfärgade grottans mynning. Det kändes som om hjärtat gått sönder och han kunde inte hindra den flodvåg av tårar som rann nerför han väderbitna kinder.

Världen var upp och ner. Varför var världen upp och ner och varför kändes det som om han skulle gå av på mitten? Jan vred på nacken och tittade uppåt, nej, rättade han sig, han tittade neråt. Varför i hela friden var marken över huvudet på honom och varför höll han i ett av Toms ben? Vad tusan var det som hade hänt? Han försökte ropa men det kom bara ett konstigt kraxande läte ur hans mun. Han försökte igen och lyckades få ur sig något som lät som en häxas kraxande. Plötsligt kom han på något, draken, det hade varit en drake här någonstans. Var hade den tagit vägen? Han tog ett stadigare tag om pojkens ben och vred frenetiskt på huvudet, var hade den där blanka besten tagit vägen? Svaret på den frågan uppenbarade sig ganska snart när en blänkande djurkropp singlade förbi. Den föll snurrande mot marken i ett envist spiralmönster. Han tappade nästan greppet om Toms ben när han såg vem som klamrade sig fast på drakens rygg. Som om det inte räckte med att han hängde upp och ner och dinglade flera hundra meter över marken. Han var tvungen att se sin egen dotter rida på en livsfarlig drake också. För första gången i sitt liv kände Jan att han började bli gammal. Det kan faktiskt ha varit så att han åldrades flera år bara av den här situationen. Plötsligt överväldigades han av en våldsam hemlängtan.

Över den höga kragen på sina dubbla rustningar försökte Zion se ner längs bergsväggen. Något hade låtit under honom. Han var säker på att det inte varit draken, den hade haft fullt upp med annat när han hade hört ljudet. Dessutom lät det mer som en hes kråka. Försiktigt, för att inte tippa över kanten spanade han längs bergets branta sida. Med ett förvånat ansiktsuttryck upptäckte han en svart stövel som var hopplöst intrasslad i det röda repet.

Han var kanske inte den smartaste mannen i Andalusien men han var stark som en björn. Har man jobbat i en rustkammare i hela sitt liv så blir man det. Med en grymtning, mest för att han hade svårt att böja sig i all rustning, tog han tag i repet och började dra. När en svart drakskinnsstövel i storlek 44 syntes över kanten hörde han en hes röst.

– Försiktigt, hjälp mig med grabben, han börjar bli ganska tung. Med en sista kraftansträngning lyfte Jan den rymddräktsklädda och medvetslösa Tom hela vägen upp till klippkanten. Zion sträckte sig ut och tog ett stadigt tag om pojkens ben med ena handen. Tyvärr släppte han samtidigt taget om repet med den andra. Det är svårt att beskriva exakt hur förvånad Jan blev när han plötsligt föll fritt igen. Han blev hur som helst väldigt lättad när repet med ett ryck ännu en gång stoppade hans vådliga fall. Det tog en stund för dem att reda ut det hela i den övre grottan. Kurt var som tokig och kunde inte sluta att klappa den vimmelkantige Tom över håret.

– Lilla gubben, lilla, lilla gubben, mumlade han, om och om igen.

Ett gråtmilt leende spelade över hans ansikte och man kunde se i hans blick hur lättad han var. Tom hade själv inget minne av vad det var som hade hänt, det sista han mindes var att hans förhoppningar om att kunna bli tillsammans med Lisa hade grusats. Jans känslosamma ord om hur mycket kärlek det fanns mellan dem sved fortfarande svårt i Toms bröst. Han hade ont i hela kroppen och svår huvudvärk men orden om kärleken mellan Jan och Lisa var ändå det som orsakade den djupaste smärtan. Han var lågmäld och dyster där han låg med huvudet i Kurts knä. Jan som på det hela taget klarat sig ganska bra var till skillnad från Kurt utom sig av oro. Han hade sett sin dotter rida på en drake. En död drake förvisso men ändå, en drake! Hon kunde ju för tusan inte ens rida på en häst. Zion hade talat om för honom att hon fortfarande suttit kvar på drakens rygg ner den dalat ner mot marken. Han hade försökt lugna Jan genom att säga att den förvisso snurrat som tusan men den hade inte fallit särskilt fort. Den hade liksom snurrat hela vägen ner mot marken, lite som ett

lönnfrö. Jans ansiktsfärg gick från grå till genomskinligt vit och
han fick en liten ryckning i ena ögonvrån när han försökte
föreställa sig Lisa sittandes på ett snurrande lönnfrö. Zions ord
hade inte lugnade honom inte ett dugg.

Så här långt hade det ändå på det hela taget så bra som de kunde
förvänta sig. I gruppen som fortfarande befann sig uppe i grottorna
var det bara Jan som var i upplösningstillstånd. Han hade velat att
de packat ihop och gett sig av genast. Anledningen till att det tog
ytterligare två timmar innan gruppen kunde lämna grottan berodde
på de båda "experterna". I sina immiga hjälmar hade de ivrigt rusat
fram för att kasta sig över draken. Problemet var bara att de rusat
åt fel håll. Det hade tagit två timmar att hitta de båda systrarna som
ivrigt fäktande försvunnit in i bergets vindlande gångar. Hade det
inte varit för de kraftiga lamporna så hade det tagit ännu längre tid.
Nu syntes de virriga tokstollarna på långt håll inne i mörkret.

Den diamantgnistrande snurran som tidigare varit en indisk isdrake
föll planlöst mot marken. Lisa klängde sig fast för glatta livet.
Hennes ena hand satt fortfarande hopplöst fastklämd mellan
pilbågens stock och sträng. Även om hon tappade taget skulle hon
förmodligen hänga kvar i alla fall. Så länge strängen höll var hon
fast på draken. Draken, som nu bara var en gnistrande snurra

gjorde en vid båge ut över dalen innan den likt en boomerang återvände in mot berget. Den landade på gårdsplanen framför byrån för ovanliga händelsers skola. Naturligtvis landade den inte mitt på gårdsplanen. Det är ju så att om något elände kan hända så kommer det att göra det. Den rackarns draken landar mitt i den svinkalla dammen.

Väktaren hade gett upp, han klarade inte att klättra som de andra. Över radion meddelade han rektorn att han skulle återvända till skolan. Rektorn hade svarat att det förmodligen var lika bra. Flicka hade redan försvunnit uppför nästa bergsvägg och var redan utom synhåll. Väktarens min surnade, även om han lyckades komma uppför den första bergsväggen fanns det alltså en till. Med en min av total uppgivenhet gled han ner de få meter han hittills lyckat klättra och satte sig i Jans vita Landrover. Med en besviken min körde han långsamt ner mot skolan. Han dög bara som barnvakt till smådrakar och minitroll. Varför inbillade han sig att han någonsin skulle kunna vara ens en hjälte.

– Nej, knorrade han, mitt jobb är att fostra hjältar, inte att vara en.

Väktaren hade under alla år närt en hemlig dröm om att åtminstone en gång i livet få chansen att göra något hjältemodigt. När han körde genom grindarna in till skolgården muttrade han fortfarande.

Bistert parkerade han bilen och gick sedan in på rektorns kontor för att lämna radion. En väktare behövde ingen radio, vem skulle kontakta en väktare som inte ens klarade av att klättra i berg? Han som inte ens kunde hjälpa en lite flicka i nöd. Med tom blick krängde han av sig den grå drakjägarrocken som han hade lånat. Tillsammans med radion lade han den i en prydlig hög på rektorns skrivbord. Med blicken i marken gick han sedan långsamt över gårdsplanen mot ingången till sin älskade grotta. Skammen sved inom honom när han stannade mellan dammen och den stora svarta träporten. Han läste på skylten över dörrarna, Avskiljningsgrotta skolan för vidsynta, stod det med svarta bokstäver mot en röd botten. En relief av ett drakhuvud kunde skönjas i det röda. Det var en vacker skylt, han hade alltid tyckt att den var vacker. Ett konstigt frasande ljud störde plötsligt hans melankoliska tankar. Vad var det där? Han hann inte längre i sitt resonemang innan ett enormt plask kastade upp en kaskad av vatten precis bakom honom. Med skräckslagen min upptäckte han till sin förfäran att isdraken plötsligt landat mitt i hans damm. Det tog en sekund eller två innan han insåg att den inte rörde på sig. Det tog ytterligare någon sekund innan han upptäckte Lisa. Hon fäktade matt med ena armen innan drakens sjunkande kropp drog med henne ner under ytan. Utan att tänka sprang väktaren, den lilla flickan behövde hans hjälp. Med ett, för en så stor man, förvånansvärt vigt språng dök han ner i det iskalla vattnet.

Dammens vatten var kristallklart och han såg henne genast. Med några kraftiga simtag var han framme och fick tag i hennes ena hand. Han tog sikte på ytan men drogs oundvikligen med ner i dammens kalla djup. Oroligt vände han sin uppmärksamhet mot flickan. Någonting höll henne fast vid den sjunkande drakkroppen. Han synade henne noga samtidigt som de alla tre; Lisa, väktaren, och draken, sjönk allt djupare. Plötsligt såg han problemet, hon satt fast med ena handen intrasslad i pilbågen. Normalt skulle han bara skurit av strängen men han visste att alla jägare älskade sina vapen och ogärna skiljdes från dem. Med ett kraftfullt simtag nådde han drakens horn och lyfte av bågen. Han skakade av köld när han lyfte flickans kropp ur det kalla vattnet. Han oroade sig för hur illa det var med henne. Hon hade inte gjort minsta lilla försök att komma upp till ytan själv men hon verkade heller inte vara skadad. När han försiktigt lade ner henne på den dammiga marken såg han att hennes ögon snurrade runt, runt, runt.

— Lisa, hur är det? Var har du ont? frågade han med mjukt viskande stämma.

— Yr, sluddrade hon tillbaka, jösses vad jag är yr. Hulkande vred hon på huvudet och kräktes upp vad som verkade vara en hel spann med vatten. Det blev tyst en kort stund innan hon la till, och kall, riktigt jädra kall.

En vecka senare var det en galen feststämning i skolans stora matsal. Eleverna var tillbaka och alla var inbjudna till avskedsfesten som hölls till jägarnas ära. Zion hade tillsammans med rektor berättat om den dramatiska drakritten och hur skolans egen personal nästan helt på egen hand dräpt en bergsröta. Naturligtvis sa de inte bergsröta när de talade inför eleverna. Slangnamn användes aldrig när eleverna lyssnade. Kaspisk stenbrytare var det namn de använde. Lisa hade hyllats som en stor hjältinna men då hon själv blev ombedd att säga några ord hade hon i stället kallat upp väktaren till podiet. Hon talade väldigt lite om sin egen bedrift utan berömde i stället väktaren för att han utan att tveka riskerat sitt liv för att rädda hennes. Väktaren rodnade och nickade blygt mot de översvallande hurrarop och applåder som sköljde över honom. För första gången någonsin kände han sig som en hjälte, även om han inte tyckte att han gjort något märkvärdigt. Vad han inte visste var att i barnens ögon hade han alltid varit en hjälte. Han var ju den modiga mannen som tog hand om de farliga djuren i den magiska grottan.

Tom hade satt sig så långt bort som möjligt från Lisa. Han ville verkligen inte ställa till någon scen och han var inte säker på att han kunde låta bli att visa hur besviken han var. Hon var den vackraste, modigaste och smartaste kvinna han någonsin träffat. Dessutom var hon snäll och trevlig,,, och vacker, så otroligt vacker. Han var hopplöst förälskad men visste nu att han inte hade någon chans. Modfälld och utan glädje satt han och stirrade ner i bordsskivan. Han livs stora kärlek, han var säker på att det var kärlek, skulle snart åka hem utan att hon någonsin skulle få veta hur han kände. Med en dyster min skakade han sakta på huvudet. Det kanske var bäst så, hon skulle förmodligen bara skratta åt honom och tycka att han var tramsig. Han frågade sig hur det skulle vara möjligt att leva vidare nu när han visste att hon fanns. Med en dyster suck sneglade han mot podiet, hon var så vacker.

Lisa hade avslutat sitt tal och stod nu och spanade ut över folkmassan. Alla hade gratulerat henne för hennes insats, alla utom Tom. hon letade i vimlet efter hans blonda kalufs och breda axlar utan att hitta honom någonstans. Hon kunde inte förstå vad hon hade gjort för fel. Innan händelsen med draken hade han ständigt funnits där så fort hon vänt sig om. Nu när hon längtade efter att få prata med honom verkade undvika henne. Hade Jan sagt någonting åt honom så att han inte vågade komma nära? Var det på det viset skulle han få höra ett och annat. Hon suckade så ljudligt att väktaren slängde oroliga blickar mot henne. Varför kunde han inte bara komma och gratulera henne, eller fråga om hon ville dansa?

Åh, tänk att få dansa i hans starka armar. Lisa var inte säker men
kunde det vara så att hon blivit kär i den tjusige
drakjägarlärlingen? Det vore ju typiskt att bli kär i någon som
springer omvägar så fort man visar sig!

Kurt smög kom på klassiskt jägarvis bort mot den stora balkongen.
Han hade följt Jan med blicken i väntan på att trolljägaren skulle
bli ensam. Mycket riktigt var det var ingen annan ute i den friska
kvällsluften så Jan stod där själv. Han stod avslappnat lutande mot
det kraftiga stenräcket och såg ut att vara i en annan värld. Kurt
sneglade över axeln för att se så att ingen följt efter innan han
försiktigt stängde dörren. Efter en sista blick som för att försäkra
sig om att de verkligen var ensamma sa han utan omsvep,
 – Har du inte redan förstått det så ska jag berätta. Tom lämnade
inte trolljägarna för att du var en surkart. Det var bara en ursäkt.
En trovärdig ursäkt förvisso, åtminstone enligt vissa inom byrån,
han flinade fräckt. Men det var inte därför han ville bli förflyttad.
Han är min pojk. Min son, rättade han sig. Vi har inte berättat det
här tidigare så jag vore tacksam om du kunde hålla det för dig
själv. Du vet ju vad byrån tycker, lade han till efter en kort tystnad.
Men jag vill att du ska veta att det var min son du räddade när han
blev knuffad ut över kanten.
Jan hade hört honom komma men blev ändå överraskad av den

plötsliga och känslosamma utläggningen. Under Kurts stammande förklaring fick han något roat i blicken och var tvungen att anstränga sig för att inte brista i skratt. Leendet som spelade i mungiporna blev dock långsamt bredare.

– Då delar vi samma hemlighet, svarade han samtidigt som även han såg sig omkring. Han lutade sig fram och viskade tyst, Lisa är min dotter.

Kurt stammade först bara en serie osammanhängande bokstäver innan han fick fram.

– Du med, du har gjort som jag? Han började lättat att skratta. Om du ursäktar så måste jag gå. Jag något som jag måste berätta för grabben, vänta här är du snäll.

Han krockade roat innan han rusade tillbaka in i den stora lokalen med ett brett flin i ansiktet. Jan kunde inte höra vad som sades men det roade honom att se på dem. Kurt viskade något till Tom som först såg ut som om han var lite bakom. Han hade den lätt bortkomna minen i flera sekunder innan han plötsligt reagerade. Med en plötslig iver började han genast att leta i vimlet. Hastigt ställde han sig upp samtidigt som ögonen ivrigt spelade fram och tillbaka över salen. Han fick syn på Lisa och satte av med sådan fart att stolen slogs omkull. Jan stod och såg när Tom banade sig fram genom folkmassan likt en isbrytare. Han såg inte ens de han skuffade undan, hans blick var fäst på henne.

Lisa stod mitt i en hel hög med elever som överöste henne med frågor. Alla ville veta hur det var att rida på en drake. Hon svarade så gott hon kunde men utan någon större entusiasm. Hennes tankar letade fortfarande efter det fel hon måste ha gjort. Han kunde inte visa henne så stort intresse för att sedan bara tröttna. Var det kanske hennes nyvunna status som drakryttare som skrämt bort honom? Med ett pip av förvåning lyftes hon plötsligt rakt upp i luften. När hon vred på huvudet så var det han. Han var här och höll om henne. Tom log så stort att han sken i kapp med solen. Hon skrattade till och vred sig så att hon kunde slå sina egna armar om honom. Hon hade känt honom i mindre än en vecka men ändå klamrade hon sig fast som om hennes liv hängde på det och det kändes helt rätt.

Det blev en strålande avslutning på deras räddningsaktion av skolan för vidsynta. Tom och Lisa dansade tätt omslingrade hela natten. Jan såg både road och en smula vemodig ut när han stod kvar ute på balkongen och såg de båda unga lärlingarna på dansgolvet. Hon verkade vara lycklig, hans lilla flicka började bli stor och hon såg lycklig ut. Det räckte för honom, var hon lycklig så var han också det.

Epilog

Jan och Lisa hade tagit det lugnt efter sitt märkliga drakäventyr.
Först stannade de en vecka på den spanska sydkusten. De badade i
havet och läkte sina skador. Det var i alla fall vad Jan hade sagt när
han ringde till chefen. För första gången på väldigt länge hade
ingen av dem några skador att läka efter ett så här stort äventyr.
Visst, lite blåmärken och en lätt förkylning men inget annat. De
hade båda provat att bada i den svinkalla dammen utanför
väktarens grotta. Det var kanske inte så konstigt att de var lite
snuviga. Lisa hade skrattat glatt när Jan berättat om hur Tom
missuppfattat allt uppe vid den höga grottan. När hon såg att han
blev lite stött var hon snabb med att lägga till,

– Men jag älskar dig pappa, det gör jag verkligen.

Han svalde snabbt sin förlägenhet och log sitt varmaste leende mot
henne.

– Och jag älskar dig, mest av allt på hela jorden.

Med sin lediga hand boxade han till henne lite lätt på axeln.

Hon märkte att han blev alltmer hemlighetsfull ju närmare Sverige
de kom. När de passerade genom Tyskland somnade hon och
vaknade först när bilen stannade. De stod parkerade vid samma

lilla sjö som de stannat vid på sin väg till Andalusien. Det var här som Jan hade fötts. Hon undrade med en lätt rynka mellan ögonen varför de var tillbaka här? Hade han inte sett allt han ville se förra gången? För att spä på hennes förvirring ytterligare startade han motorn och körde in på en liten grusväg. Den lilla vägen gick in i en allé och fortsatte vidare genom en liten lövskog. Mitt inne i grönskan uppenbarade sig något märkligt. Bilen stannade vid ett högt plankstaket som inhägnade vad som verkade vara en stor herrgård.

– Vad gör vi här? frågade hon samtidigt som hon såg sig omkring.

Hon låtsades vara ointresserad men i hennes ögon fanns en nyfiken glimt som hon omöjligt kunde dölja. Han blinkade åt henne när han öppnade sin dörr.

– Kom, jag vill att du ska träffa någon.

Det var tydligt att han dolde något och det ökade hennes nyfikenhet ytterligare. De gick fram till dörren och Jan knackade på. Den gistna gamla dörren gnisslade när den öppnades. En rynkig gammal man plirade ut genom en liten springa.

– Varg, sa han, utan någon som helst förklaring.

– Hund, svarade Jan.

Lisas ögon hoppade mellan Jan och den äldre mannen, hon fattade ingenting. Den gamla mannen slog upp dörren och log,

– Så det är dags igen. Var han en god vän?

Han väntade inte på svar innan han snabbt ställde nästa fråga.

– Var han en riktig jägare?

Jan klappade den gamla mannen på axeln och nickade.

– Den bästa av alla, han var fantastisk.

Den gamle mannens ansikte rynkades ihop i en grimas. Det tog en liten stund innan Lisa förstod att han log.

– Kom, kom, sa han och vinkade ivrigt med handen, de är på baksidan.

– Den är till henne, Jan rufsade om Lisas hår, Det är hon som behöver en jaktkompis den här gången.

De hade vandrat i en vecka för att så småningom börja klättra. Det var i mitten av februari när de äntligen stod nedanför flaskhalsen. Deras uppdrag var otroligt hemligt. I ett berg i södra Spanien hade de likt mänskliga blodhundar letat upp vad de sökte. Tvillingägget hade legat gömt inne i den största grottan. Redan när de första gången ramlat in i grottan hade de sett det. Problemet den gången hade varit att det var så mycket annat som störde: andra jägare, en försvunnen lärling, en skitsnygg och supermodig smed samt ett rackarns troll. Så småningom blev gruppen upptagen med lite annat och de båda systrarna kunde smita i väg för att hämta sin skatt. När de andra så småningom hittade dem skyllde de på att de

gått vilse. Lite kränkta blev de dock när allihop utan att blinka
svalde deras lögn. Hur kunde det komma sig att de inte ens blivit
lite misstänksamma? Systrarna såg sig ju trots allt som riktiga
experter. Ägget var ett unikt exemplar då draken som lagt det hade
varit en hane. Det är nämligen på det viset att alla drakar föds som
honor och lägger ett så kallat tvillingägg innan de ändras. Det
första ägget behöver ingen befruktning utan innehåller djurets egna
DNA-uppsättning. När de väl lagt det första ägget förvandlas en
del av dem till hanar. Det finns faktiskt fiskar som går igenom
ungefär samma utveckling.

En isdrake är en varelse som inte hörde hemma i södra Spanien. På
en befolkad plats skulle en sådan varelse kunna ställa till med
oerhörda problem. Uppe på det väldiga K2-massivet var den dock i
sin naturliga miljö.

Det var deras uppgift att föra tillbaka ägget till samma plats som
den stökige draken en gång kommit ifrån. Med en lättad min
klättrade de uppför isväggen och kröp in i den trånga gången.
Isgrottans gnistrande väggar gjorde dem återigen andlösa av
häpnad. De stod tätt tillsammans och såg sig omkring. Tyst smög
de fram till den lilla hålighet i isen där avtrycket från det förra
ägget fortfarande fanns kvar. Med en försiktig rörelse lade Lo ner
ägget i håligheten och backade undan. Deras sista uppgift var att
undanröja alla synliga spår efter isgrottan. Omsorgsfullt smälte de

isen bakom sig så att gången spårlöst försvann. Ingen skulle någonsin hitta äggets hemliga viloplats igen, inte den här gången. Isgrottan på K2 skulle komma att bli legendarisk bland klättrare. Den skulle komma att bli lika mytomspunnen som Atlantis. Många skulle påstå att den aldrig funnits på riktigt. Dean skulle få svara på många nyfikna frågor om grottan under de kommande åren. Han gjorde själv flera expeditioner upp på berget för att försöka finna den igen. Trots ett idogt letande lyckades han dock aldrig.

 För ett kort ögonblick funderade systrarna på om det var värt besväret att klättra upp till toppen för att kika på utsikten. De hängde i sina linor utanför isväggen och såg på varandra.

– Nej, jag tror vi skiter i det. Vi var däruppe förra gången. Det är nog inte mycket som har förändrats under de här åren.
Lu ryckte på axlarna och svarade med ett illmarigt leende.

– Okej, försten ner vinner.
Med ett ryck släppte hon linbromsen och föll som en sten. Lo kastade huvudet bakåt och skrattade högt innan hon gjorde samma sak. De båda "experterna" for som två tjutande galningar längs linorna innan de dundrade ner i den enorma snödrivan som samlats under isväggen. När de väl lyckats gräva sig ut flinade de som galna grävlingar mot varandra. Otroligt nog hade ingen av dem slagit ihjäl sig. De kanske inte var så tokiga som folk i allmänhet

trodde men helt klara i huvudet, det var de nog inte.

Det stora årsmötet hölls i skolan för vidsynta i slutet av året. Drottningen av England, Elizabeth II, höll som vanligt i tyglarna med fast hand. När hon höll sitt årliga tal talade hon länge om den fara som drabbat skolan. Hur olika delar av byråns personal hjälpt till på alla sätt de kunnat. Den stora salen ekade av applåder när väktaren tilldelades hjältemedaljen av andra graden för att han räddat en kollega i nöd.

 Något högst oväntat hände någon timme senare, drottningen höjde handen och tystade på så sätt allt mummel i salen. Hon plockade fram en blå sammetsask och kallade upp Lisa. Ett beundrande sus gick genom församlingen när hon öppnade asken och visade den för de församlade jägarna. Ögonblicket senare restes hundratals händer mot det höga taket där stora kristallkronor hängde. Ett vilt jubel utbröt när hon tilldelade Lisa Drakjägarorden i guld. Det var första gången på över sjuhundra år som någon tilldelats den utmärkelsen. Inte en enda person ansåg att det var oförtjänt. Hon var ju trots allt byråns första drakryttare sedan urminnes tider. Man fick gå långt bak i historien för att hitta en person som lyckats med något liknande.

Långt innan byrån bildades påstods det att en pojke vid namn Eragon lyckats med samma bedrift. På den tiden visste folk i allmänhet vad drakar och troll var för något. De hade däremot inte förstått vad de sett när han kämpade mot draken. Folk hade stirrat i beundran när han kommit flygande. Tre byar hade Eragon och draken flugit över innan han lyckades komma åt den vita buken och sätta in den dödande stöten. Det skapades så småningom en märklig legend om att pojken skulle varit vän med draken och att de flugit runt över världen och hjälpte människor i nöd. Kurt viskade i Jans öra när drottningen berättade historien.

– Sicket trams, hur skulle man kunna bli vän med något som inte skulle tveka att käka upp en till lunch?

Jan skrockade belåtet men för att inte störa drottningen skakade han bara roat på huvudet. Något Kurt däremot inte kommenterade var hur stolt Jan såg ut när Lisa stod bredvid drottningen med medaljen runt sin hals. Jan lyste som en sol.

På baksidan av den slitna herrgården tultade det runt fyra valpar.

– De är åtta veckor nu, sa den rynkige gamle mannen. Sätt dig ner och vänta, sa han och visade med handen att det var Lisa han talade till.

Hon satte sig i gräset men med en spänd och hoppfull glimt i ögonen. Det tog inte någon lång stund innan en liten tikvalp kom lullade. Den lilla hunden lyckades med konststycket at snubbla på matskålen och stå på huvudet i vattenskålen innan hon nådde fram. Hon slickade ivrigt Lisa på handen innan Hon gjorde tafatta försök att klättra upp i knät för att i stället slicka Lisa i ansiktet.

– Så där ja, den gamle klappade ihop händerna men fortsatte att le, hon har valt dig så då är hon din hund nu. En trolljägares hund måste alltid välja sin jägare för att det ska fungera.

Lisa såg förvirrat först på den gamle mannen, sen på Jan för att sedan se ner i sitt knä där en liten grå pälsboll för tillfället var upptagen med att tugga på hennes byxor. Förvåningen var total.

– Är hon min? Hur kan hon vara min, jag förstår inte.

Jan log lika stort som den gamle uppfödaren när han sa,

– Hon valde dig, då är hon din. Det här är det enda stället i hela Europa där du kan hitta en trolljägarhund. Valpen måste dessutom välja dig för att ni ska kunna jobba tillsammans. Hade ingen valp kommit hade vi fått vänta till nästa kull. Valdemar här, han pekade på den gamle, är den som en gång i tiden födde upp Trumf. Han kommer förmodligen ihåg varenda hund som någonsin lämnat det här stället.

Valdemar skrockade belåtet,

– Inte förmodligen, jag kommer ihåg varenda en av dem. Fina hundar allihop.

Lisa log brett med tårar i ögonen och såg ner på det lilla pälsbyltet som nu bytt tuggleksak och i stället försökte äta upp hennes ena sko. Den lilla hunden verkade inte vara den smartaste i kullen. Lisa klappade valpen och så glädjestrålande upp mot de båda dumflinande männen,

– Jag tror hon får heta Lolu, efter du vet vilka.

Det tog sin lilla tid innan saker återgick till att bli som vanligt igen. De hade endast vardagliga småproblem med hasselbackare som smög sig över gränsen. Annars var det en lugn sommar vid den lilla stugan. Lisa knorrade lite över att hon inte fick ta med sig sin hund när de skulle jaga bort trollen. En sen kväll när regnet vräkte ner satt Lisa vid den öppna spisen och stirrade in i elden. Lolu låg i hennes knä och sov tungt. Lisas fingrar plockade förstrött i den borstiga pälsen utan att hon tänkte på det. Jan var nere i källaren och försökte vänja sig vid sin nya pilbåge. Det retade Lisa att Jans vapen ersattes så fort som han förlorade dem. Ja efter några veckor i alla fall. Hon hade blivit av med båda sina svärd men inte ens fått en liten fällkniv från smedjan för att ersätta dem. Det störde henne faktiskt mer än hon ville erkänna att hon förlorat det lilla svärdet. Det hade varit den första gåva hon någonsin fått. Hon log vid minnet. Hennes första jul tillsammans med Jan. Hon hade varit tolv år och fått en present. När hon hade öppnat paketet låg det blanka svärdet där och glänste. Nu hade det sjunkit till botten i en jättedjup damm på skolgården i Andalusien. Lolu vaknade plötsligt till som om hon hört något. Med en morrning vände hon blicken mot dörren och reste ragg. Nu var hon fortfarande en valp så den hotfulla morrningen lät mer som ett muntert knarrande gångjärn. Några sekunder senare knackade det på dörren till stuga trettiotvå. Lisa öppnade och möttes av en dyngsur förare från DHL.

– Paket till Lisa Jäspersson, sa han med ett försök att låta munter. Hela hans genomblöta uppsyn sa dock någonting annat.

– Det är jag, svarade hon samtidigt som hon med ena benet blockerade Lolu från att rusa ut.

Han stånkade högljutt när han konkade in paketet och la det på golvet innanför dörren. Hon öppnade försiktigt kartongen och kikade ner. Man skulle nästan kunna tro att hon väntat sig att det skulle hoppa upp giftormar ur paketet. När hon vek undan sista fliken stelnade hon till. Med ett tjut av glädje plockade hon upp sin lilla klinga. De hade hittat det. Hon glömde för ett ögonblick paketet och kramade sitt svärd.

– Vem var det som kom?

Jan stod i trappen och slog frågande ut armarna. Med en glädjestrålande min höll hon upp sitt svärd.

– De har hittad det, kolla.

Det gyllene ljuset från brasan blänkte i stålet. Nyfiket böjde hon sig återigen över lådan och plockade upp ytterligare ett svärd. Ett

237

längre och tyngre svärd, hon drog försiktigt ut det ur skidan. Det var helt magiskt, en lagom tung klinga med en liten rombformad ruta i närheten av spetsen där en liten sotad ek-kvist skulle sitta. Det var smitt på ett sätt som gjorde att tyngden var lite närmare spetsen än vad den hade varit på hennes gamla. Det var helt perfekt, parerstången var färgad i guld och handtaget var klätt i någon form av mjukt men greppvänligt vitt skinn. Det såg ut som om det var tillverkat för att matcha hennes rustning. Hennes min blev tveksam för en sekund. Rustningen som svärdet var tillverkat för att matcha var faktiskt för liten för henne. Synd, tänkte hon, det var verkligen synd för det skulle ha blivit snyggt. Hon lyfte upp de båda svärden och la dem försiktigt på det stora men lätt skeva bordet. De båda skidorna var vackert dekorerade med gulddetaljer på vitt skinn. Hennes sätt att bära svärden på hade de uppmärksammat. De båda skidorna var fästa på ett par guldfärgade remmar som skulle löpa i kors över bröst och rygg. I nedre delen satt ett liknande men något bredare skärp som gick runt midjan. När hon böjde sig ner för att plocka upp den tomma lådan bultade det så hårt på dörren att hon hoppade till. Jan log lite illmarigt bakom hennes rygg samtidigt som han med så vresig röst som möjligt sa,

— Men det var ett jäkla spring, vem kan det nu vara som kommer i det här usla vädret?

Hon märkte inte att han lät lite lurig. Med en suck släppte hon det tomma paketet och gick och öppnade. Överraskningen var total när såg hon den lille rustmästaren Zion stå utanför dörren. Den lille men otroligt axelbreda mannen såg ut som om han badat i ån. Han var genomblöt så stor han var. Med en munter min trots regnet räckte han fram ett eget paket.

– Till dig, lilla drakryttare, sade han med ett stort flin väl dolt inne i det enorma skägget.

Han roades uppenbarligen av hennes förvåning. Paketet hade naturligtvis kunnat skickas samtidigt som svärden men han ville se hennes min när hon öppnade det. Lisa tog tveksamt emot paketet och backade in samtidigt som hon försökte komma på om hon drömde eller hade blivit galen.

– Vad gör du här? var allt hon fick fram.

– Öppna det, sa han, samtidigt som leendet blev ännu bredare. Han pekade på paketet som hon fortfarande höll i sin famn. Ett gyllene sken spred sig i rummet när det bruna pappret veks undan. En hel rustning, gjord av skinnet från den indiska isdraken. Stövlar och en slags benkappor, sydda ungefär som ett par rid chaps. De båda plaggen var i smidigt vitt skinn som glänste i pärlemor. De var otroligt vackra men bleknade ändå i jämförelse med brynjan. Den nådde henne halvvägs ner på låren och med ärmar som slutade vid hennes handleder. Hela brynjan var sydd av drakens skinn men med de vackra fjällen kvar. När hon klätt sig i rustningen gnistrade hon som en diamant infattad i guld. Med viss vördnad gick Jan över golvet och räckte henne den guldfärgade huvudringen.

– Ta på dig den här, viskade han andaktsfullt.

Han såg på henne med ögon blanka av tårar, otroligt, du ser fantastisk ut.

Det blev en väldigt trevlig kväll i stugan och varken Jan eller Lisa sa emot Zion när han ivrigt, med viftande armar för femtioelfte gången berättade historien om hur han nästan helt på egen hand dräpte det kaspiska stenbrytartrollet. Lisa var den lyckligaste flickan i världen just då. Runt hennes ben skuttade Lolu ivrigt gläfsande. Den tokiga lilla hunden gjorde sitt bästa för att få tag i sin egen svans.

Ps. Den här berättelsen om en enastående lärlings första år är bara tryckt för vidsynta inom Byrån för ovanliga händelser. Om någon trygg av en händelse skulle läsa det här är det naturligtvis bara en saga. Ds.